ベリーズ文庫

理想の恋愛関係

月森さや

Starts Publishing Corporation

目次

理想の恋愛関係

出会い

兄に呼ばれて応接間に入った私は、ソファから立ち上がった若い男に挨拶をした。

「はじめまして、栖川《すがわ》緑《みどり》です」

「はじめまして、お邪魔しています」

二ノ宮《にのみや》優斗《ゆうと》と紹介された彼は、丁寧に頭を下げ、すごく感じのいい微笑みをこちらに向けた。

さりげなく兄を見ると、かなり真剣な目で私と彼の様子を窺《うかが》っている。

ああ、そうか。この人が兄の言っていたお見合い相手なんだ——。


一週間前のこと。

「緑。お前も、もう二十七歳だ。そろそろ結婚を考えたらどうだ?」

リビングでお茶を飲みながら、おもしろいと評判のドラマを見ていた私に、仕事帰りの兄が突然言い放った。

「もうってなによ。まだ二十七歳だし、結婚なんて当分考えられないわ。相手だっていないし、仕事もあるし」

高校時代からの親友、鈴香《すずか》と一緒にフラワーコーディネートの事務所を構えたのは三年前。少しずつ顧客は増えているけど、軌道に乗ってきたのは最近のこと。だから正直、ここしばらくは恋愛にかまけている余裕なんてなかった。

「付き合ってる男がいるだろう？　たしか、神原《かんばら》とかいう……」

「龍也《りゅうや》とはもうとっくに別れた」

ドラマに視線を戻しながらそっけなく答えると、兄は勝手にテレビを消して詰め寄ってきた。

「お前、今回こそは真剣な付き合いだって言ってただろ⁉」

そりゃあ……たしかに以前はそんなことを言った気もする。だけど今となっては、龍也なんて名前も聞きたくない存在だ。

「あれは一時の気の迷い。とにかく龍也とはもうなんの関係もないから、その名前は出さないで」

投げやりに言う私を、兄は不満そうな顔で見ている。

これ以上この場にいたら、いつまでもゴチャゴチャと言われかねない。

私はソファから立ち上がり、仁王立ちする兄の隣をすり抜けようとしたけれど、兄は「待て」と引き止めてきた。

もう、しつこいな……。

「まだ、なにかあるの？」

思いきり顔をしかめる私に向かって、兄はさらりと驚くことを口にした。

「だったら、見合いをしてみないか？」

「……見合い？」

今まで考えたことがなかった。結婚相手は自分で探したいと思っていたし、〝今は〟恋人がいないというだけで、別に男の人から相手にされないわけでもない。

でも……。

はっきり言うと、私は男運が悪い。

初めはこの人しかいないと盛り上がって付き合うのに、三ヵ月も経つと相手が変貌するのがいつものパターン。

龍也も例に漏れずそうだった。出会ったころは、話題が豊富でマメで、すごく尽くしてくれる恋人だったのに、気が付いた時には、彼が尽くす相手は私ではなくなっていた……。

あっという間の心変わり。

世の中そんな男ばかりじゃないだろうけど、私が出会い心惹《ひ》かれるのはいつもそんなタイプだったから、いい加減嫌気がさしていた。

もしお見合いをしたら、今までとは違う人と出会える？　優しくて穏やかで誠実で、私だけを見てくれるような……。

そんな人と巡り合う可能性があるのなら、一度くらいお見合いを経験するのもいいかもしれない。

「まあ……会うくらいならいいけど」

出来心でそう答えると、兄は満面の笑顔になった。

「そうか！　見合いとは言っても堅苦しいものじゃない。顔合わせ程度と思っていいからな」

「わかった。じゃあ私、自分の部屋に行くから」

すっかり上機嫌になった兄を残して、私はリビングを後にした。

こうして目の前に立ったお見合い相手の二ノ宮優斗は、期待以上の男性だった。

長身で細身の、バランスがいいスタイル。全体的に色素が薄くて、どこか影のある雰囲気を漂わせているけれど、長めの前髪の間から覗く茶色の目は涼やかで、優しさを湛《たた》えている。

話をしてみると、私よりふたつ年下の二十五歳なのに、そうは見えないほど落ち着いていて……なにより、時折見せる穏やかな微笑みが、私の心をドキンと跳ねさせた。

他愛もない話に相槌を打つタイミングや、訥々《とつとつ》と話す言葉のリズムも妙に心地よく、ほっとするような温かい気持ちになれる。

今まで出会った人に、こんなふうに感じたことなんてない……。初めての感覚かもしれない。

ふと、隣に座る兄に目を遣《や》ると、コーヒーを飲みながら、私たちの様子に満足げな表情をしている。

兄ももちろん彼を気に入っていた。だけど、どちらかというと人柄以上に彼の家柄に惹かれているみたいだ。

なぜなら二ノ宮家は、経営する会社はそれほど大きくないものの、古くからの名家で、日本でも有数の大財閥、九条《くじょう》家の親戚にあたる。比べて私たちの栖川家は、兄の努力で裕福だけど歴史なんてない。いわゆる成り上がりのようなものだから、兄は由緒正しい二ノ宮家との繋がりを欲しているみたいだった。

私はというと、彼に会った瞬間、そんな事情なんか抜きにして彼に惹かれていた。

誠実な彼は家族を大切にしそうだし、きっと幸せな結婚生活を送れると思う。
休みの日は仲よく一緒に買い物をして、子供ができたら公園に連れていって。夜、
子供が寝た後は、ふたりでワインを飲みながら語り合ったり……。
出会ったその日だというのに、そんな光景が頭に浮かぶくらい、私は彼との将来に
期待を膨らませていた。

交際

『すみません、明日はどうしても都合が悪くて……』

電話越しに聞こえてくる申しわけなさそうな声に、私は小さな溜息《ためいき》をつく。

「仕事なら仕方ないけど……」

がっかりとした気持ちを隠せずに言うと、優斗君は再び謝った。

「いいの、また連絡してね」

本当はいいのなんて思えないけど、仕事と言われたらしつこく責められない。

電話を切り、一段と大きな息を吐くと、同時に聞こえてきたのは隣でからかう声。

「ふられちゃったの？」

ハッと我に返り、ここが鈴香と共同経営する小さなオフィスだったことに気付く。

そうだ、朝のメールチェックをしていたんだっけ。

「もう、冗談やめてよ。仕事で明日のコンサートに行けなくなったって言われただけ！」

否定したけれど、声の主の鈴香はニヤリと嫌な笑顔を見せて言う。

「なるほど、それで拗《す》ねてるんだ」

拗ねてるわけじゃないけど……。

私たちはお見合いの翌日に、結婚前提で交際をスタートさせた。優斗君は会えばいつでも優しいし、最高のお見合い相手だと思う。ただ、どうしてもひとつだけ不満があった。

優斗くんには、どうも積極性が足りない。仕事がハードなようで、ろくに連絡が取れないし、なかなか会えないのだ。当然デートの約束もまとまらない。

そんな中、なんとか取り付けた約束が、たった今キャンセルされてしまった。楽しみにしていただけに、この失望はかなり大きい。

「お見合い相手のこと、かなり気に入ってるみたいねぇ」

鈴香はおもしろそうに笑い、ノートパソコンの画面に視線を戻して手を動かす。

営業用の資料を作っているのか、画面にはブーケの写真が何点かレイアウトされている。私はそれを横から覗きながら答えた。

「うん、結婚相手としては最高だと思うよ？」

「そうじゃなくて。緑を見てると普通に恋愛してるように見えるんだけど」

「……普通に？」

今までそんなふうに考えたことなかった。

振り返ってみると、たしかに鈴香の言うとおりかもしれない。私はいつの間にか優斗君を、お見合い相手というよりも普通の恋人として見ていたんだ。

「……まぁ、そう見えるならよかった。どうせなら仲よく見えたほうがいいしね」

なんとなく気はずかしくて、鈴香にはそっけなく返してしまった。でも、改めて気付いたこの変化は、自分でも意外なほど嬉しい。私、ちゃんと優斗君と恋愛ができてるんだ……。


付き合いはそれなりに順調に進んでいった。優斗君は相変わらず忙しいながらも、会えば優しく私を気遣ってくれる。

だけど……付き合いが進むにつれて、気がかりなことはどんどん増えていった。

ひとつは婚約話がなかなか進まないこと。

兄に聞くと、優斗君はもう少し時間をおいてから正式に婚約する意向らしい。私のことを見定める期間なのかもしれないけど、彼が私をそんなふうに見ているように感じたことなどなかった。

妻として相応《ふさわ》しいか確かめるような質問はないし、手料理を食べたいとも言われない。ましてや結婚後の生活とか未来について、話題に出ることなんか一度もなかった。

それからもうひとつ、気がかりなこと。

それは……一向に〝大人〟の付き合いに発展しないこと。

出会いから二ヵ月以上経つのに、優斗君は手も握ってこない。それって奥手にも程がある。

まさか、結婚するまで何もしないつもり？　それとも、正式な婚約が整うまで待っている？　今どきそんな男なんているもの？　もしかして……優斗君、本当は結婚に乗り気じゃないの？

そんなことが毎日のように頭に浮かんでは、不安に陥《おちい》っていた。

こんなふうに思うのは、私が彼のことをよく知らないだけだから？

会って直接、彼の気持ちを確かめたい。

いつものように不安に駆《か》られた私は、もはやいてもたってもいられなくなり、ある日、今までにない強引さで、忙しいと渋る優斗君を誘った。

約束の日、優斗君の家に着くと、優斗君のお母さんが玄関へ出迎えてくれた。応接間に通され、お茶を運んできたお母さんに改めてご挨拶をする。会話をしてみると、お母さんはどことなく不思議な雰囲気を持っていた。物静かで、どんな話題をふっても反応がイマイチ。掴み所がないのだ。まったく弾まない会話は五分と持たず、変な汗をかき始めたころ、優斗君が現れた。

「優斗君、今日は無理言ってごめんなさい。仕事が忙しいって言ってたのに」

ホッとしながら勢いよく立ち上がると、私は彼に向かって開口一番に謝る。どうしても会いたくて無理に約束を取り付けてしまったから、怒ってないか心配で仕方がない。

「大丈夫。調整がついたので」

今日は、パーティに同伴してほしいと頼んで時間を作ってもらった。本当は同伴もいらないし、遅れてもまったく問題ない。

優斗君を前にしたら、大事な集まりだと嘘をついたことに罪悪感が芽生えてきたけど……今はその良心を捨てる！　だって、今日はどんな手を使ってでも直接聞きたいことがあるんだもの！

「よかった！　それで、実は出かける前に――」

「そろそろ出ないと」

「あっ、そ、そうね、急がないと！」

ちょっと、私、いつ聞くの⁉

会ったらすぐにでも話を聞こうと計画を練ってきたのに、急《せ》かす優斗君に出端《でばな》を挫《くじ》かれ、促されるまま外に出てしまった。

「そういえば、今日はどんな集まりなんですか？」

タクシーに乗りこむと、優斗君が聞いてきた。

「仕事の関係者が開くパーティなの。学生時代から親友の鈴香も来るのよ」

「そうなんですか」

優斗君はいつもの優しい微笑みで返してきたけれど、〝親友〟と伝えた鈴香のことを、それ以上聞くこともなく、窓の外に目を向ける。


今日のパーティは、郊外のレストランを借り切ったものだった。

こぢんまりとした歴史のありそうな洋館に入ると、鈴香を探しながらライトアップされた中庭を歩く。すると――。

「え……？」

どこからかすすり泣くような、頼りない小さな声が聞こえた気がする……。子供の声みたい。どこから聞こえたんだろう……？

辺りを見回してもそれらしい子供は見当たらない。周りの人にも聞こえた様子で、数人がキョロキョロしていたけれど、子供の姿が見えないからか、またすぐに談笑し始めた。

　すると、ほどなくしてまた声がする。

　遠くで泣いているのかな。庭の奥のほうから聞こえる気がするのだけど……。でも、あんなところに子供がひとりでいるわけないし大丈夫だよね。

　そんなことを考えていると、優斗君が私の前を横切り、早足に庭の奥へと向かっていった。うっそうとした草木が広がるそこは、そのまま前方の森林公園へと繋がっているようだ。優斗くんは生い茂る草木をどんどん掻き分けて進んでいく。

「優斗君？」

　私の呼びかけに振り返ることもなく、優斗君はそのまま明かりの届かない暗がりに消えてしまった。

「優斗君⁉　大丈夫？」

　呼びかけても返事がない。しばらくすると、小さな子供を抱き上げて戻ってきた。

「茂みに迷いこんでたみたいだ」

　まだ五歳にもならないような小さな女の子は、優斗君の首にしがみつき、声を押し殺すように泣いていた。

かわいそうに、すごく怖かったみたい。あの暗がりは、大人の私でもちょっと行きたくない。

優斗君は怯える女の子に優しく声をかけつつ、時間をかけて会場中を歩き回り、無事に保護者を捜し当てた。


「緑さん、待たせてすみません」

優斗君はそれまで私のことを振り返ることもなかったけど、ようやく思い出してくれたのか、慌てた様子で駆け寄ってきた。パンツの裾やジャケットにはところどころに汚れが付いていて、それを見る私の視線に気付いた優斗君は苦笑いを浮かべる。

「汚れてしまって失礼なので、もう帰ります」

「そんなに汚れていないから大丈夫よ。ご両親が見つかってよかったわね」

私は満面の笑みで答えた。

みんなが大して気にも留めず、見過ごそうとしたのに、優斗君は迷うことなく子供の声を気にかけて助けた。今まで付き合ってきた恋人は、私には気を遣うし優しくしてくれたけど、こんな場面で迷いなく他人の子供のために茂みに入りこむことなんてしなかったと思う。

やっぱり彼は本当に優しくて誠実。それに、思っていた以上に行動力もあるみたい。ずいぶん長い時間、私の存在は忘れ去られていたけど、そんなこと気にならないくらい、私は温かく幸せな気持ちに満ちていた。

「優斗君、さっき話した友人の鈴香です」

優斗君がお手洗いで目立つ汚れを落としている間に、私は鈴香を見つけることができた。鈴香の前に立った優斗君は、柔らかく微笑む。

「はじめまして。二ノ宮優斗です」

「高山《たかやま》鈴香です。二ノ宮さんのことは緑から聞いています」

鈴香は営業用の完璧な笑顔で挨拶を返しながら、さりげなく優斗君を観察しているみたい。その見事な演技ぶりからは、何を思っているのか読めないけど、高評価は間違いないはず。

だって、今日の集まりに来ている大勢の中でも、優斗君の容姿のよさは際立っているし、私が今まで付き合ってきた男のような軽さはもちろんない。もしかして、少し嫉妬すらされちゃうかも⁉　いつもクールなことばっかり言ってるけど、鈴香だって結婚願望ゼロってことはないだろうし、お見合いも結構いいじゃない、とか言い出したりして。

……なんて冗談半分で呑気に考えていたけれど、パーティも終盤になり、周りから人が減っていくと、鈴香は営業用の笑顔をあっさり消して、私の想像とはかけ離れたことを言ってきた。

「緑、あの彼、大丈夫なの？」

「え？　なにが？」

「なんか、緑といるのに楽しくなさそうなんだけど。それも、まったく。ねぇ本当に上手《うま》くいってる？」

鈴香の物言いは、昔から遠慮の欠片《かけら》もない。

「上手くいってるわよ。今日だって付き合ってくれたし。会うといつも私に合わせてくれるし、優しくてケンカもしないし、不満を言われたことだって――」

「ねぇ、それって関心ないからじゃない？　緑に興味がないから、文句もないんじゃないの？」

鈴香は私の言葉を遮り、盛大に溜息をつく。

「……え？」

心臓がドキリと音を立てた。

関心がない……？　そんなことって、ありうる？　だって、私たちは結婚を前提にした付き合いのはずなのに。一生をともに生きていく相手に興味がないなんて。

たしかに、優斗君の態度に気になる点はある。今日はそのために気持ちを確かめようと思って会ったのだから。だけど、いくらなんでも興味がないなんて……。

やっぱり早く優斗君と話そう。

私は急いで部屋の中を見回す。隅のほうに立っている優斗君を見つけて勢いよく一歩踏み出したけど、彼が他の女性と話していることに気付き、思わず立ち止まった。

「どうかした？」

私の視線の先を追う鈴香。優斗君の隣にいる女性は、とても綺麗な、それでいて少女のような可憐な雰囲気を漂わせている。

ふたりから目を離せないまま「あの人、誰か知ってる？」と私が聞くと、

「ああ、彼女は高遠里桜《たかとおりお》さんよ。今日の主催者の後輩なんだって」

と鈴香は教えてくれた。なぜか聞き覚えのある名前……と思った直後、お見合い前に兄から聞いた話を思い出した。

優斗君には親の再婚で兄妹になった、血の繋がりのない義理の妹がいて、その子の名前が里桜だった。優斗君と同じ年だから私より二歳年下だけど、もう結婚していて

今は高遠という名字らしい。

そんな事情から、私はまだ挨拶すらしたことがない。この機会に自己紹介をしようかとも思ったけど、できなかった。

ふたりがあまりにも真剣な顔で話しこんでいて、私が入りこめる雰囲気ではなかったから。

あんな顔の優斗君は初めて見る。義妹《いもうと》さんと、なにを話しているのだろう……。


――結局その日は、なにも聞くことができなかった。義妹さんとの話の内容も、彼の私に対する気持ちも。なにか言いようのない、嫌な予感がしてどうしても切り出せなかった。

その後も私からは怖くて連絡できず、優斗君からの連絡もないまま、とうとう一ヵ月が経とうとしたある日のこと。くすぶる心を持て余すだけの私の日々は、優斗君から話を切り出されて終わりを告げた。

「緑さんとは結婚できない。婚約の話はなかったことにしてください」

婚約破棄

あの日、突然私の家にやってきて婚約破棄を告げた優斗君は、ひたすら頭を下げて謝ってきたけれど、いつもと違う強張《こわば》った顔、まとう空気、全てが私を拒絶していた。

どうしてこんなことになるの……。

できることなら、この信じられない現実から逃げ出したい。

「好きな女性がいるんです。どうしてもその人を忘れることができない。こんな気持ちで結婚してはいけないと気付いたんです」

——それはつまり、初めから私に対してなんの気持ちもなかったということ。

ああ、そうか……。

今まで少しずつ降り積もっていた疑問や矛盾が一気に解消されていく。関心がなさそうな態度で当然だ。本当に関心がなかったのだから。

後で兄に聞いた話では、優斗君の会社は数年前に亡くなったお父さんの負債のせいで、財政が厳しかったらしい。

彼は好きな女性がいながら、お金のために好きでもない私と結婚しようとした。

誠実だと……今までの男とは違うと信じていたのに。優斗君が、実は一番たちが悪い男だったんだ……。

その後は修羅場《しゅらば》だった。取り乱す私の横で兄は激昂し、彼の会社との取引をやめるという脅しまでかけた。

優斗君は伏し目がちに謝罪の言葉を述べていたけれど、それでも別れの決意は変わらない。

そのまま私たちの結婚は破談になり、後日、兄から二ノ宮家の会社が倒産したと聞かされた。うちと縁戚にならず、資本提携を結ばなかったことが相当のダメージになったらしい。

だけどそんな話を聞いただけではスッとしないほど、私の精神的なダメージだってひどかった。あんな男と結婚しなくてよかったと思っているのに、いつまでも落ちこんだまま立ち直れない。プライドはもうボロボロ。ひとりで幸せな結婚生活を夢見ていた自分が情けなくなる。

こんな気持ちにさせた優斗君に対して、私はいつまでも憎しみを抱いていた。

「緑、いい加減、彼のことは忘れなよ」

もう何杯目かわからないワインを空けたタイミングで鈴香が言った。

「……もう忘れでる。あんら人と結婚しよーと考えた、わらしがバカらった」

「忘れてないじゃない。呂律《ろれつ》が回らなくなるほど毎日飲んだくれて……どう見ても失恋から立ち直ってないように見えるけど」

ズバリと指摘されて言葉に詰まる。

鈴香の言うとおり、私は失恋した。そして、いまだに平常心に戻れないでいる。飲まないとやってられなくて、仕事が終わると馴染みのダイニングバーに通う日々。決してまだ彼を好きなわけじゃない。怒りがおさまらないのだ。湧き上がる憎しみを消化できないせいで、優斗君を忘れることができない。

鈴香は私が握り締めているワインボトルを強引に奪って、自分のグラスに注ぐ。

「いつまでも怒っていても仕方ないでしょ？　好きだって伝えても振り向いてもらえなかったのなら、諦めるしかないんだし」

……好き？　私、そんなこと彼に伝えた？

「……言ってない」

「え？　じゃあ別れの時、なに話したわけ？　修羅場になったんでしょ？」

鈴香に言われて、最後に優斗君に会った時のことを思い返す。

頭に血が上っていたせいか、あまり覚えてないけれど、たしか……、

「〝もうみんなに言っちゃったのに、今さらどうするつもり⁉〟とか〝私と結婚しなかったら、会社がどうなるかわかってるの⁉〟とか――」

「うわ、サイアク」

鈴香が顔をひきつらせた。

や、やっぱり……？

冷静な今、改めて振り返ってみると自分でもひどいと思う。

鈴香はシュンとする私に構うことなく、さらにたたみかける。

「どうしてまたそんなかわいげがないこと言ったの？　好きだから別れたくないって素直に言えばよかったじゃない」

たしかにそうかもしれない。だけど……。

「あの時は、怒ることしかできなかったの」

あまりにも惨めで、傷付けられた自尊心を守るために優斗君を攻撃してしまった。

「それに別れ話されてるのに、好きですなんて言えるわけないじゃない」

そんな自虐プレイしたくない。

「そう？　私なら言うけど。本当に手放したくなかったらプライドを捨ててでも引き止める」

鈴香のその言葉に、ついイライラして強く当たってしまった。

「無理！　そんなこと私にはできない」

隣の客が驚いてこちらを振り向く。私はハッとして「すみません」とお詫びをし、うな垂れて鈴香に向き直ると、鈴香は少し困った顔をして、私を宥《なだ》めるように言った。

「きっとさ……できなかったのは、本気で好きじゃなかったからだよ。よかったじゃない、本気になる前に本性がわかったんだから」

「……そうなのかな」

鈴香の言っていることは理解できる。だけど、そう思おうとしてもどうしても割りきれない。

酔いのせいで思考が鈍ったのかな。

私は整理のつかない自分の気持ちを持て余しながら、再びグラスにワインを注いで口に運んだ。

それから何事もなく、平凡な毎日は淡々と過ぎていく。優斗君への複雑な想いは胸にくすぶっていたけれど、もう彼に会う気はなかったし、もちろん彼からの連絡も一切なかった。

そんなある日、思いがけない人物から連絡が入った。

【神原龍也】

優斗君と出会う前、短い期間付き合っていた男。龍也とも嫌な別れ方をしたけど、優斗君とのことで完全に忘れ去っていた。

今さらなんの用があるっていうの？　若い大学生と浮気して、あっさり乗り換えたくせに……。

「はい」

浮かない気持ちで電話に出ると、聞こえてきたのは私とは正反対の明るい声。

『久しぶり、元気だったか？』

そんなこと、よく平気で聞けるものだ。自分の裏切りが原因で別れたことを都合よく忘れたのだろうか。

「まあまあだけど、なにか用？」

『いや、とくに用はないんだけど、どうしてるかと思って。今度食事にでも行かないか？』

龍也は過去のことなどなかったかのように、さらりと誘ってきた。

いったいどういうつもり？　大学生の彼女とはどうなったの？

『緑？　どうかしたのか？』

「別に……悪いけど忙しいから無理そうだわ」

これ以上話していたら、龍也に怒りをぶつけてしまいそうだった。別れの時、必死に冷静を装ったことがムダになってしまうし、龍也に私が怒る理由を考えさせたくない。どうせ〝まだ俺に未練があるのか〟とか、自分に都合よく考えるに決まってる。

「じゃあ、忙しいから切るわ」

『わかった、また連絡する。海外出張の土産《みやげ》も買ってきてあるんだ』

「……さようなら」

お土産の話には触れずに電話を切り、大きな溜息をついた。

短い通話だったのに、なんだかすっかり疲れ果てた気分……。また連絡するって、どういうつもりだろう。まさかヨリを戻したがっているとか？　もしかして彼女にふられた？　彼女とは十歳近く年が離れていたし、ありえない話じゃない。いくら龍也が若ぶっていても、あいつももう三十歳。学生とじゃ話題も合わないだろうし……。

そんなことを長々と考えてハッとした。

龍也のことで頭を悩ますなんてどうかしてる。あんな不誠実な男となんて関わってる場合じゃない。もしまた連絡があっても無視！　無視！

そう思っていたのに、私はしつこい龍也の呼び出しに応じてしまい、気付けば高級レストランのテーブルで彼と向き合い座っていた……。

「やっと会う気になってくれて嬉しいよ」

龍也から〝このレストランに期間限定のおいしいメニューがある〟とか、〝どうしても直接会って話したいことがある〟とか、あの手この手で誘われて、ついのこのこ来てしまったのだ……。

さっそく後悔している私の気持ちになんて気付かず、龍也はやけに爽やかな笑顔を向ける。私はその真っ白な歯を見て、そういえば歯のメンテナンスにはやたらと力を入れていたなと、どうでもいいことを思い出した。自分をよく見せるための努力は、惜しまない男だった。私はもう、龍也の外見なんかに惑わされないけど。

「あんなにしつこく電話もらったら、なんの話があるのか気になるでしょう？」

二度と騙されたくないという思いから、必要以上に警戒してしまう。龍也はなんの気負いもない、自然な笑顔を見せる。

「実はとくになにがあったわけじゃないんだ。ただ久しぶりに会いたくなった」

「会いたくなったって……。龍也、用がないならこんなふうに呼び出さないで。別れた後の友達付き合いなんてありえないって私の考えは、知ってるでしょ？」

うんざりした気持ちになりながら言うと、龍也は悲しそうな顔をした。

「そんなに迷惑だったか？　食事はやめて帰るか？」

あからさまに傷付いた様子を見せられると、拒絶しづらい。

「……もう来ちゃったんだし、食事はしていく」

「そうか、よかった」

龍也はコロリと表情を変えて微笑み、話題もコロリと変えてきた。

「そういえば見合いをしたって聞いたけど、相手とはどうなってるんだ？」

その遠慮のない物言いに、心の中で舌打ちをする。共通の知人が多いといろんな情報が漏れて本当にめんどくさい。その話題には今一番触れられたくないのに。

「……会いはしたけど、結局断ったわ」

乗り気になったのに断られましたとは、口が裂けても言えない。龍也に続き優斗君までが他の女を選んだなんて、絶対に言いたくなかった。選ばれない自分が惨めになる。

龍也は私の嘘に気付く様子はなく、ホッとしたように笑う。

「緑、俺たちヨリを戻さないか？」

「は？」

あまりに突然な提案に、口を開けたまま固まってしまった。

「緑が昔の恋人と友人になれないのは知ってるけど、また恋人同士に戻るのなら問題ないだろう？　考えてくれないか？」

「も、問題ないわけないでしょう⁉」

思わず声を荒げると、龍也は不思議そうにきょとんと私を見つめる。

「まさか私たちがなんで別れたか忘れたの？」

そう言われて、龍也はやっと自分の行いを思い出したらしい。

「ああ、あのことは本当に悪かった。反省しているし、二度と同じことはしない」

私のほうに身を乗り出し、神妙な面持ちを見せる
「どうだか……あの時の女子大生とはどうなったわけ？」

「彼女とはもうずっと会ってない。本当だ、嘘じゃない」

龍也は真剣な目で私を見据えた。

「もう一度付き合ってほしい」

嘘。なにを言われても、とても信用できない。

「無理。復縁なんてありえないから」

私はきっぱりと言いきって、龍也から目を逸らした。


――はずだったのに！　結局、私は龍也の押しに負けてしまった。

あれから毎日のように連絡がきたり、プレゼントが届いたり、彼のアプローチは本当にマメで気が利いていて……。龍也に対する嫌悪感は、少しずつ薄れていった。

そして再び食事をした週末の夜、ワインを飲みすぎ酔ったことも手伝って、ホテルの部屋に付いていってしまった。

「……っ……んっ」

部屋に入った途端に深いキスをされて、身体から力が抜けていく。龍也はすごくキスが上手い。もちろん、その先も。今まで付き合った人の中で一番だと思う。浮気さえなければ最高の恋人だったのに。

龍也は飽きもせず、貪《むさぼ》るように唇《くちびる》を押し付けてきた。以前ならその激しさに溺れて、なにも考えられなくなっていたのだろうけど、今夜に限ってはなぜか優斗君の顔が浮かんでしまい、私の中で盛り上がっていた気分が急速に萎《しぼ》んでいく。

「……んっ⁉」

龍也は私が集中していないことに気付いたのか、さらにきつく抱き締め、唇を割って舌を押し入れてきた。

「あぁ……」

龍也から流れこむその熱と気持ちよさで、私の頭にまた霞《かすみ》がかかる。

……優斗君のことなんて考えても仕方ない。嘘つきで、優しいふりをして実は冷たくて……それにキスだってその先だってきっと下手に違いない。

そんなことをぼんやりと考えながら、私は龍也の背中にしがみつくように腕を回した。

龍也のキスから一度解放された時にはもうすっかり息が上がっていた。

「シャワー使うか？」

欲情した目で私を見つめながら龍也が言う。

「……先に使って」

息を整えながら答えると、龍也はわかったと言って浴室に向かっていった。

私はまだ力が戻らない身体でフラフラとベッドに座りこむ。

うっかり流されてこんなことになっちゃった……。でも、最近の龍也の態度を考えると、ヨリを戻してもいいのかもしれない。過去を本気で反省しているようだし、龍也とはいろいろな面で相性もいいし……。

はっきりしないままの頭で考えていると、浴室から水の流れる音が聞こえてきた。と同時に、規則正しい電子音が鳴り響く。

ビクッとして振り向くと、サイドテーブルに置かれた龍也の携帯が点滅しているのが見えた。

こんな所に置きっ放しにするなんて、ずいぶんと無防備じゃない？　やましいことが本当にないのかな。そう思えるとなんだかホッとする。

じっとしている間に電話は一度切れ、それから時間をおかずに今度は短く音が鳴った。どうやらメールのようだ。

「……急用とか？」

ひとりつぶやきながら、龍也の携帯を手に取ってみる。そして、画面に表示された名前を見た瞬間、私は衝撃で目を見開いた。

【真優《まゆ》】

瞬きして見直したけど、間違いない。龍也の浮気相手で、のちに本命になった女子大生の名前。

どうして彼女からの着信が？　まさか龍也……。

他人のメールを見るなんてしたくなかったけど、でも見なかったことにはとてもできない。

私はためらいながらも受信ボックスを開いた。

【大事な会議中なのにメールしてごめんね、でも離れているから心配で。やっぱり留学しなければよかった。龍也に会いたくて仕方ないよ。あと半年間が寂しい。龍也、浮気してないよね？　真優は信じてるからね】

……どういうこと？　これが本当なら、龍也と真優は別れていないことになる。

でも龍也は別れたって……嘘はついてないって――。

ふいに、龍也の言ったセリフが思い浮かんだ。

『彼女とはもうずっと会ってない。本当だ、嘘じゃない』

たしかに嘘じゃない。龍也は別れたとはひとことも言ってないし、留学中ならずっと会えないだろうし。

つまり私に近付いたのは、彼女に会えない寂しさを埋めるため……？

「……最っ低!!」

カッとなり、手にしていた携帯をベッドに向かって思いきり投げ付けた。携帯は、バウンドして音を立てて床に落ちる。私は拾うこともせず、ソファに放り投げていたバッグを乱暴に掴むと、そのまま部屋のドアを勢いよく開けて外に飛び出した。

「最悪‼」

龍也に二度も騙されたなんて。龍也はもちろん、自分自身も許せない。

なぜ龍也の嘘を見抜けなかったのだろう。初めから信用してなかったのに、いつの間にかあいつのペースに飲みこまれ流されてしまったんだ。

龍也のことといい、優斗君のことといい、最近ひどい目にばかり遭っている。

ふたりとも簡単に人を騙して、不誠実で……。

そこまで考えた時、ハッとしてその場に立ち止まった。

優斗君は、私に対しては不誠実な男だったけど、本命の彼女に対しては誠実だったんじゃない？　仕事や経済的なメリットを失うのがわかっているのに、彼女を選んだのだから。それに……付き合っている時、優斗君は決して私に触れなかった。手を繋ごうとすらしなかった。

あの時は呑気に奥手なんだと思っていたけど、あれはたぶん、彼女に対して誠実であるため。優斗君はすごく大きな愛を彼女に向けていたんだ……。

きっと、今ごろふたりは幸せに暮らしてる。そこまでの決意を見せられたら、彼女も一生ついていくに決まってる。

……想像していたら、なんだか虚《むな》しさでいっぱいになってきた。

大切にされる彼女。それに比べて、優斗君にも龍也にも蔑《ないがし》ろにされる私。いったい、なにが違うのだろう。私なりに努力して付き合っていたはずなのに……。

夜の街を行き交う人々をぼんやりと眺めながら考えたけど、いくら考えても答えは見つからず、もう溜息しか出てこなかった。


いつまでも沈んでいたって仕方ない。

私は翌日から仕事に生きる決心をした。恋愛はダメでも仕事がある。大好きで始めた花の仕事。兄のコネもこれまで以上にフルに利用して、精力的に働いた。

「緑、最近がんばってるよね」

「そう？　前から真剣にやってたつもりだけど？」

鈴香の言葉に適当に答えながら、顧客のレストランへ向かう準備を進めていた。

「無理に仕事に没頭してるような……ねえ、あのウワサはやっぱり本当なの？」

「……ウワサって？」

「龍也に遊ばれたって」

「龍也が自分で言ってたらしいよ。緑とホテルに行ったけど、割りきった付き合いのはずが、彼女のことでヒステリーを起こして携帯も壊されたって……」

「な、なにそれ⁉」

「嘘でしょ？」

最低だ。あることないことペラペラ言いふらすなんて。携帯が壊れた可能性はゼロじゃないけど、他は全てデタラメなのに。ホテルに置き去りにした腹いせ⁉

「その様子じゃ龍也の狂言みたいね」

「ホテルに行ったことは嘘じゃないけど……でも龍也は真剣にヨリを戻したいって言ってきたのよ？　しつこく連絡してきて、だから私は……」

「緑、やり直すつもりだったの？」

鈴香は意外そうな顔をして言った。

「決心したわけじゃないけど……正直、揺れた」

「そっか。それで傷付いて仕事に気持ちを向けてたわけだ」

「そういうわけじゃ……」

「でも、最近の緑は時々つらそうな顔してるよ？」

「それは龍也に騙されたからじゃなくて……ただ考えちゃうの。どうして私は選ばれない女なのかって」

　私の言葉に、鈴香は困ったように首をかしげた。

「私っていつも、付き合う相手が心変わりして失恋するから……。どうして一番の存在になれないのか不思議なの」

　鈴香は腕を組んで少し考えた後、言葉を選んでいるのか慎重に言った。

「私が思うに、緑は自分の気持ちを伝えるのが下手だってことかな」

「え？」

「ちゃんと好きだって伝えてた？　二ノ宮さんには伝えてないって言ってたよね？」

「それは……でも言わなくてもわかるでしょ？　結婚を前提としてたんだし」

　そう言うと鈴香はすぐに否定した。

「わからないんじゃないかな。それこそお見合いなんだし、気持ちがないまま結婚する場合もあるじゃない？　緑は感情表現がうまくできないから、怒るような言い方だったり、ツンケンした態度になるんだよ。もっと素直になれたら違った結果もあったかもしれないよね」

　鈴香は私を慰めるように、珍しく優しい声を出す。そのせいか、鈴香の言葉はいつまでも私の頭に残った。

やり直したい

龍也のことは腹立たしかったけど、騒ぎ立てずに日々を送った。毎日仕事をして、終わるとまっすぐ家に帰る単調な生活。

そんなある日、私は優斗君と思いがけず再会することになる。

顧客のレストランで簡単な打ち合わせを終え、事務所に戻るために歩いていると、重々しい足取りで、通りの向こうを俯きがちに歩く男性が目に入る。印象が少し変わっていたけどそれが優斗君だと気付くまでさほど時間はかからなかった。

彼の姿を見るのは別れた日以来。自分でも驚くくらい鼓動が速くなる。周囲の音が聞こえなくなって……優斗君とはもう関わらないと決めたはずなのに、気が付けば彼に向かって駆け出していた。

「優斗君！」

呼びかけると、優斗君はゆっくりと振り向き、私に気付くと驚いたように目を見開く。その後、顔を強張らせ、最終的には気まずそうな表情で視線を逸らした。

無視して立ち去る気はないようだけど、どう見ても再会を喜んではいない。

挨拶すらしてこない彼のそっけなさに、私は内心で傷付きながらも平静を装う。

「優斗君、久しぶり。こんなところで会うとは思ってなかったから驚いた」

「緑さん……お久しぶりです」

そう言う優斗君の声は硬い。話しかけられて、迷惑に思っているのかもしれない。

そう考えると、悔しさと悲しさの入り混じった複雑な気持ちになり、つい嫌みを口にしてしまった。それも腕を組んで、必要以上に偉そうに。

「私と婚約解消してから大変みたいね。会社も家も失ったって聞いたけど？」

……って、なんて嫌な女⁉

言った途端に後悔した。自分自身に引いてしまう。なのに、そんな思いとはうらはらに、私の口はさらに挑発的な言葉を優斗君に投げかける。

「後悔してる？」

違う、違う！　こんなこと言いたいわけじゃないのに……。

それまで黙っていた優斗君は、私をまっすぐ見つめるとはっきりと言いきった。

「緑さんと正式に婚約しなかったことについては、後悔していません」

「そうだよね、優斗君は心に決めた人がいるから私と別れたんだものね……。財産がなくなっても幸せに暮らしてるんだね」

最低だ。もう消えてなくなってしまいたい。

優斗君は私の態度に苛立ったのか、深い溜息をついた。

「彼女とは別れました」

え……別れた⁉

「どういうこと？　だって、その人と一緒になるために私との結婚をやめたんでしょ？」

私と兄がどれだけ責めても、優斗君は気持ちを変えずに彼女を選んだ。

それほど大切な相手と、どうしてあっさりと別れることができるのだろう。

優斗君は私が見たことのない冷たい表情で答える。

「そのつもりでしたが、ふられたんです」

……ふられた？

その瞬間、身体の内側から、説明できない、激しい感情が込み上げてきた。

これが優斗君に対してなのか、顔も知らない彼女へのものなのか、いまだに優斗君の言動に激しく揺らいでしまう自分へのものなのかわからない。向きどころが定まらないまま、溢れる憤りを抑えられず、優斗君にぶつけてしまった。

「ふられて、それで諦めたわけ？　栖川家に大恥をかかせておいて、そんな簡単なものだったの？」

「俺は会社のために彼女を捨てようとしたんです。彼女はそれを知っていた……。別れたいと言われたら、無理に引き止めることなんてできませんでした」

そう言った優斗君の表情は一瞬苦しそうに歪む。

彼女への罪悪感？　私への仕打ちは後悔していないのに、一時期でもお金のために彼女を裏切ろうとしたことは後悔しているの？

開いたままになっていた傷口がさらに広がり血を流し、私は優斗君に執拗に絡んでしまう。

「……婚約破棄なんて大胆なことしたわりには弱気ね」

優斗君は私のあまりの態度にうんざりした様子だった。

「すみません、急いでるのでこれで失礼します」

そっけなく言い、立ち去ろうとする。

ちょっと待って、このまま別れるなんて嫌！

そう思うと、自分でも少し驚くくらい大きな声で引き止めていた。

「いつもこの時間⁉」

「え？」

「仕事終わるの、いつもこの時間なの？」

「……決まっていません。もっと遅くなることもあります」

優斗君は警戒しているのか曖昧に答えると、私に背を向けて去って行った。


優斗君との再会で、私の気持ちは嫌というほど乱れた。仕事に生きると決めたのに、気が付けば彼のことばかり考えている。そんな自分が許せなかったけど、ようやく数日後には自覚した。

私はまだ優斗君が好きなんだ。

不誠実な裏切り者で、私を蔑ろにした相手なのに。冷たく切り捨てられたのに。それなのに彼を想う気持ちが止められない。

ふと、鈴香の言葉を思い出した。

『ちゃんと好きだって伝えてた？』

言わなかった。

あなたがお見合い相手でよかったと、私はたったの一度も伝えなかった。だから、いつまでも忘れられないのかもしれない。もう一度優斗君に会いたい。どうなるかわからないけど、会って今の気持ちを伝えたくて仕方ない。

心を決めると、すぐに私は数日前に再会したオフィス街で優斗君を待ち伏せた。

彼の連絡先は、破談になった時に全て消してしまったからわからない。

兄に聞けば知っているだろうけど、優斗君に会いにいくなんてとても言える雰囲気ではなかった。兄がまだ優斗君と険悪なことは、聞かなくてもわかるから。

待ち続けてから三時間ほど経ったころ､優斗君が現れた。相変わらず浮かない表情、疲れた足取り。

この前も思ったけど、どうしてあんなに思いつめた顔をしているのだろう。

彼女にふられたことをまだ引きずっているの？

私にとっては嬉しくない予想をしながら、素早く優斗君の前に飛び出した。

「優斗君！」

急に現れたからか、優斗君はこの前より驚いたようだった。

「……こんな所でなにをしてるんですか？」

この様子……完全に警戒してる。

「優斗君を待っていたんだけど」

「なにか用ですか？」

少し前まで付き合っていたとは思えないそっけなさ。早くも心が挫けそうになるけれど、なんとか気持ちを奮い立たせて笑顔を作った。

「優斗君は今、ひとりだって聞いたから」

「え？」

わけがわからないといった様子の優斗君に、さらに続ける。

「破談の原因だった彼女には、ふられたんでしょ？」

「……ええ。以前話しましたよね」

そう答える声はすごく低く、彼の苛立ちが伝わってきた。

どうしよう、ものすごく迷惑そう……。

でも、なんとしても今伝えないといけない。次の機会なんて、あるかもわからないんだから。

「この前聞いてすごく驚いたの。それで私、真剣に考えたんだけど……優斗君、私たちやり直さない？」

「は⁉」

微塵《みじん》も予想してなかった言葉だったようで、優斗君は唖然とした様子で私を見た。

驚きから我に返ると、すぐさま「結構です」と断ってきた。その顔には困惑と迷惑という文字がくっきりと浮かんで見える。

それでも私が引き下がらないと悟《さと》った優斗くんは、今度は私を置き去りにして帰ろうとした。

私は優斗君の前に立ちはだかり、それを引き止める。

「私は本気よ。やり直したい」

あれを言うなら今しかない。ぎゅっと目をつぶる。

「……優斗君が好きだから言ってるの！　それがいけないことなわけ⁉」

我ながら不器用すぎる告白。これが私の精一杯だ。

「好きって……そんなわけが……」

優斗君はひとりごとのように小さな声でつぶやく。

「ないって言いたいの？　でもあるの。本人が言ってるんだから間違いないの！」

私の勢いに圧《お》されたのか、優斗君は視線を逸らして言った。

「どうして今さらそんなこと言うんですか？　以前会っていた時はそんな様子、少しも感じられなかったのに」

え？　少しも？　たしかに言葉にはしなかったけど、私なりに好意を表していたつもりだった。まさかなにひとつ伝わっていなかったなんて……鈴香の言うとおりだったんだ。

「……言わなくてもわかってると思ってたもの。結婚することは決まってるんだから、あえて告白するって変じゃない？」

「別れ話をした時だって、緑さんは悲しんでいなかったし、それどころか異様に怒っていただろう？　俺を憎んでいるとしか思えなかった」

い、異様って……そりゃあ泣きもせずに鬼の形相で喚《わめ》いちゃったとは思うけど。

「あの時、優斗君は好きな人がいるからって私をふったのよ？　自分があまりにも情けなくて、泣いて縋《すが》るなんてできなかったけど、本当は悲しかった！」

感情的に言うと、優斗君はバツが悪そうな顔をして俯き、それから少しの間をおいて静かな声で言った。

「すみません……無神経なことを言ったことは謝りますが、今後緑さんと付き合う気持ちはありません。申しわけないけど……」

……あっさりと断られてしまった。考えることすらしてもらえなかった。まあ、簡単に受け入れてもらえるとは思ってなかったけど。

優斗君は呆然とする私に頭を下げ、立ち去ろうとする。でもふられたくらいで諦められるなら、三時間も待ち伏せなんてしていない。

「私、諦めないわ。プライドを捨てて言いにきたのに軽くあしらわないで！　どうしても嫌なら……試しでいいから一ヵ月だけ私に付き合って」

「一ヵ月って……」

「一ヵ月付き合ってみて、それでも考えが変わらなければ黙って別れるから」

「どうしてそこまで……」

「自分でもわからないけど……この前、優斗君にふられた時、本音を言わなかったことをすごく後悔したの。だからやるだけのことはやりたくて」

「それに俺を巻きこまれても困ります。俺は今、問題だらけだし、緑さんに付き合う時間はないんです」

突き放すように言われ、さすがに怯《ひる》んでしまう。けれど、ここまできたら引き返せない。私はすぐに強い口調で言い返した。

「私は婚約を破談にされて大恥かいたのよ。それなのになんの償いもしないつもり？」

「正式な婚約はしていませんでした」

なんて冷たい声。一瞬、ぐっと言葉に詰まる。

「だって……〝していた〟も同然だったでしょ。とにかく、言うことを聞いてくれないなら私にも考えがあるわよ」

「それは脅迫ですか？」

脅迫だなんて、そんなつもりはない。私はただ、チャンスがほしいだけ……。なんて、そう訴えたところで、優斗君からすれば同じことなんだろう。

「そう思ってくれてもいいわ」

もうヤケクソだ。完全に嫌われるかもしれないけど、どっちにしてもダメなら後悔のないようにやりきりたい。

優斗君は深い溜息をついた後、諦めたかのように力なく言った。

「期間限定で付き合っても、俺は以前のように緑さんの都合に合わせて行動するつもりはありませんよ。今、そんな余裕はないんです」

「いいわ」

「……それから前のようにプレゼントや豪華な食事もありえないんで。頻繁に電話するのも遠慮してください」

それって、付き合ってるって言わないような……。

まあきっと、以前とは違うんだと言いたいんだろう。

きついことを言って私を諦めさせたいのかもしれないけど、ここまで最悪な詰め寄り方をした私が諦めるわけがない。この際どんな形でもいい。

「それでいいわ」

「ならいいです。一ヵ月付き合いますよ。でも期間が終わったら、その後は関わらないと約束してもらいますよ。脅迫もナシです」

「……わかった」

さっそく、一ヵ月後の絶縁宣言をされてしまった。なんだか絶望的だけど、自分から言い出したことなんだから仕方ない。私が頷くと、優斗君は冷めた目をして言った。

「じゃあ……送りますよ。今日は帰りましょう」

返事をしようとするより早く、優斗君は背中を見せてスタスタと歩き始めた。

以前みたいに私の歩くペースを気にする様子は一切ない。

冷たい恋人。

けれどこれが彼の私に対する本当の気持ち。望みは叶ったけど、現実は厳しい。

胸の痛みを感じながら、優斗君の後を追った。


「優斗君と付き合うことになったの」

「えっ⁉　なんで⁉」

私の報告に、鈴香は驚いてのけぞった。

「昨日会いにいってね……話し合ったのよ」

昨夜の捨て身の奇行を、ありのまま報告するのはさすがに気が引けて、多少控えめな表現で話すと、鈴香はそれでも口をあんぐりと開けて冷ややかな視線を送ってきた。

「それは話し合いじゃなく、脅しだね……」

「優斗君にもそう言われた。でも仕方ないじゃない、強く言わなかったらチャンスももらえなかったんだから」

「それにしたって、たった一ヵ月でどうするつもり？」

「たしかに短いけど、その間に努力して振り向いてもらえたらと思って。ゼロからのスタートだけどね——」

「いやいやマイナスだから！　ゼロからって、前向きすぎるでしょ！」

「え、マイナスってなによ？」

「よく考えてよ。緑は嫌がる彼を脅して、無理やり付き合わせるんだよ？　はっきり言って嫌われてると思うよ。完っ全にマイナススタート。いったい、なんでそんなムチャしたの？　今まではふられたって引きずらなかったじゃない」

矢継《やつ》ぎ早《ばや》に責める鈴香の言葉に、多少の反発を覚える。

でも……優斗君に嫌われているのは確かだった。あの冷たい態度。付き合うメリットのなくなった私に、彼は好印象の男を装うことをあっさりやめた。そんなふうに適当な扱いをされているのに諦められないのは、やっぱり優斗君に恋をしているからなんだと思う。

「今回はふられたからって引き下がれないの。彼のこと、本当に好きになったみたい。だから気持ちは素直に伝えることにしたの」

「好きだからってその表現は……まあ、あまりやりすぎないようにしなよ」

鈴香は苦笑いを浮かべながら、ポンと私の肩を叩く。

「大丈夫。さっそく今度の土曜日、デートの約束を取り付けたから」

「へえ、本当にやる気だね」

「まあね」

「で、どこに行くの？」

「植物園」

「は？　なんで？」

「優斗君、昼間しか時間取れないみたいだから。爽やかでいいでしょ？」

「昼間しかって……まあ、緑が満足ならいいんだけどね」

鈴香はなにか言いたそうに微妙な顔をしたけど、私はそんなこと気にならないほど、土曜日が楽しみだった。

一ヵ月

約束の時間より二十分も前に駅に着いた私は、落ち着かない気持ちで辺りをキョロキョロ見回した。待ち合わせは十一時。当然、優斗君はまだ来ていない。

以前は私より早く来てくれていたけど、今日は多分ギリギリの到着だと思う。鈴香にもマイナスからのスタートだと言われたし、この前の優斗君の態度を考えれば、喜んで来てくれるはずないもの。

だけど私は今日のデートで挽回するつもりだ。完璧に用意したランチセットに目を遣ると、なんとなく気持ちが弾んでくる。付き合った彼に手料理を振る舞ったことなんて今まで一度もないけど、実は料理は得意なのだ。

家庭的なところをアピールして男を振り向かせようだなんて、あざとくてカッコ悪いと自分でも思う。でも今は、変なプライドにこだわってる場合じゃない。

なにしろ一ヵ月しかないんだから、できることはなんでもしなくては！

ひとり決意を固めて待っていると、約束より十分ほど遅れて優斗君がやってきた。

「遅れてすみません」

少しだけ頭を下げたその顔は無表情で、決して申しわけなさそうにはしていない。

「私も少し前に来たところだから」

気を遣わせないように言うと、優斗君は私の嘘には少しも気付かずに「そうですか」と頷く。

「今日は植物園に行くんですよね?」

「そう、この駅からそんなに遠くないし、いいかなと思って。お弁当も持ってきたの、中で食べられるから!」

「お弁当?」

優斗君は大して興味もなさそうに、私のカラフルなランチボックスを一瞥した。

「……早く行きましょう」

ほんの少しだけリアクションを期待して目を輝かせる私をよそに、優斗君はなんの感想もなく、背中を向けてスタスタと歩き出す。

私は慌てて小走りで追いかけ横に並ぶ。一方的に私が話すだけで、会話はまったく弾まない。さすがに落ちこんできたころ、やっと植物園に到着した。

「優斗君、こっち、こっち!」

今は九月の上旬だから、紅葉にはまだ早い。私たちは緑の木々が立ち並ぶ通りをまっすぐ進んでいく。土が剥き出しで、買ったばかりの靴に汚れが付くのは少し気になったけど、澄んだ空気の中の散歩はやっぱり気持ちがいい。

「優斗君、あの花知ってる？」

ちょうど咲いていた花を指差して言うと、優斗君はチラリと視線を向けた。

「いえ、花に関心はないんで」

「え……でも植物園、嫌だとは……」

「別に好きじゃないけど、どこでも一緒なんで」

そっけなく言われて言葉に詰まった。

それは私に付き合うこと自体が苦痛だから、どこに行っても同じってこと……？

わかってはいたことだけど、はっきり言われるとつらい。

こんなに冷たいことを、平気で言う人だったなんて。以前の優しさはどこへいってしまったんだろう……？　あれはお金のための演技だったの？

地面をじっと見つめながら考えてると、優斗君の声が聞こえてきた。

「ベンチがあるけど休憩しますか？」

顔を上げると、優斗君は立ち止まり私を振り返っていた。

「……うん」

なんだか、朝は溢れていたやる気が消えてしまった。相変わらず会話のないまま、並んでベンチに座る。かなり気まずい空気。

これが私たちの関係なんだ。一ヵ月あれば、優斗君の気持ちを動かすことができるかもしれないと思っていたけれど、もうすっかり自信がない。

横目で優斗君を見ると、視線に気付いたのか突然顔を向けてきた。

「なんですか？」

「え、あの……」

まさか、冷たくされて沈んでましたなんて言えない。初めから、以前のように気を遣うことはありえないと宣言されての付き合いなんだし。

「なんでもないの……少し早いけどお弁当食べない？」

気持ちを切り替え、笑顔でランチボックスを開けると、今まで硬かった優斗君の表情が少しだけ緩んだ。

「これは……緑さんが作ったんですか？」

「そうよ、久しぶりに張りきっちゃった」

そう答えると優斗君は感心した様子で頷いた。

「すごく上手にできてる。意外だな……」

え⁉　ほ、褒めてくれた⁉

私は落ちこんでたことも忘れてテキパキと準備する。

「さ、食べて」

綺麗に巻いた太巻きを皿に取って渡すと、優斗君は両手をそろえて「いただきます」と言ってから箸を持ち、口に運んだ。

優斗君は、こういう小さなマナーもきちんとしている。食べ方もまるでなにかの様式美のようにスマートで美しく、見ているとうっとりしてしまうほどだ。

「こうやって外で食べるのも、気持ちいいわね」

私が話しかけると、優斗君は珍しくわずかな笑顔を見せた。けれど……、

「前はよく外で食べたんだけどな……苦手な料理、がんばってたな……」

きっと自然と漏れ出た、過去を思い出すようなその言葉。優斗君が今、誰を思い出しているのか、聞かなくてもわかった。

頭の中にいるのは、大切だった彼女。

私は彼女のことはなにも知らない。名前も年も、優斗君といつから付き合っていたのかも。だから頭の中で、彼女は勝手に作られていく。優斗君にここまで大切に愛されるのだから、美しくて、性格もよくて……きっと素晴らしい女性なんだろうって。

「緑さん？」

黙りこんだ私に、優斗君が呼びかけてくる。

「食べないんですか？」

「あ、食べるね……ちょっとぼんやりしちゃった」

作り笑いを浮かべながら言うと、優斗君はそれ以上なにも言わずに目を逸らした。

「そろそろ帰らないと」

お弁当を食べ終えると、優斗君は腕時計に目を遣りながら言った。

え、もう⁉　まだ一時前なのに……。

「……すぐ片付けるね」

ランチボックスを急いで片付けてベンチから立ち上がると、先を歩く優斗君を追う。

何日も前から楽しみにしていたデートだったのに、全然上手くいかなかった。張りきって作ったお弁当だって、優斗君に大した感動を与えられなくて……それどころか、彼女を思い出させてしまうという悲しい結末。

私は、前にある冷たい背中を見つめた。

本当にもう諦めるしかないのかもしれない。こんなことをしていても優斗君の負担になるだけだし、私も思っていた以上に傷付いてしまう。自分の気持ちに正直になって行動しても、叶わない想いはあるんだ。こんな好意の押し売り、やめなくちゃいけないのかもしれない。

果てしなく沈んだ気持ちになりながら、トボトボと歩いていると、突然足に激しい痛みが襲ってきた。

「キャア！」

悲鳴を上げて、その場に派手に転がる。なにが起こったのかまるでわからないけれど、地面についた手も、ぶつけた膝《ひざ》も、転んだ原因となった足首も全てが痛い。

「……なにやってるんですか？」

すぐに起き上がれないでいると、優斗君が呆れたような顔をして見下ろしていた。手には、さっきまで私が持っていたランチボックスがある。転んだはずみで放り投げてしまったみたい。

「ご、ごめんなさい。ちょっと足を捻《ひね》ったみたいで……」

二十七歳にもなって、道で派手に転ぶなんて……しかも優斗君の前で。

あまりのはずかしさでいたたまれない。

泣きたい気持ちで俯いていると、優斗君の溜息が聞こえてきた。

どうしよう。明らかに面倒そう……。

「……優斗君、先に帰って。私はちょっと休んでから帰るから」

なんとか笑顔を作りながら言うと、優斗君はもう一度溜息をついてつぶやいた。

「仕方ないいな」

なにげないひとことが突き刺さる。もうダメ、これ以上傷付きたくない――。

「駅まで背負っていくから乗ってください」

「え……」

優斗君が私の前に、背中を向けてしゃがみこんだ。

「ほら早く」

「あっ……はい」

戸惑いながらも、促《うなが》されるまま背中に身体を預けると、優斗君はすっと立ち上がり歩き出す。

華奢だと思っていた背中は、思っていたよりもずっと広くて温かかった。

私は、無言で歩く彼に、ドキドキと猛スピードで刻む心臓の音が聞こえてしまわないか心配で心配で、息もまともにできなくて……。

ふと俯いていた顔を上げると、私たちは道行く人たちの注目の的になっていた。大の大人が背負われているのだから、考えてみれば当然だ。

え！　はずかしい‼　どうしよう、これ以上優斗くんに迷惑かけたくない！

「ゆ、優斗君、みんなに見られてる！　ごめん、はずかしいよね。私もう大丈夫だから下ろして！」

私は慌てて優斗君の肩を叩きながら話しかけた。けれど、優斗君は一向に歩みを止めることなく口を開く。

「緑さん歩けないんでしょう？　足首腫れてますよ。こんな時にはずかしいなんて言ってる場合じゃないでしょう」

優斗君……。

私のことを、特別に心配してくれてるわけじゃないのはわかってる。これは人命救助のようなもので、相手が誰であっても、きっと優斗君はこうやって背負っていた。

でも……それでも涙が出るくらい嬉しい。やっぱり優斗君は本当は優しい人なんだ。

私、どうしても優斗君を諦めることができそうにない。お願いだから、どうか私に振り向いてください……。

心からそう願った。

優斗君は駅に着くと、空いていたベンチに私を下ろした。

「はい」

まったく表情を変えずに、ランチボックスを渡してくる。

「あ、ありがとう……重かったでしょう?」

「そうですね」

息はそんなに上がってないのにはっきりと言われてしまい、一瞬戸惑ったけれど、気持ちを立て直す。

「迷惑かけてごめんなさい。でも、助けてもらえて嬉しかった」

心を込めて言う。

優斗君は一瞬驚いたようだったけど、すぐに元の表情に戻り、そっけない口調で言った。

「念のため、病院に行ったほうがいいですよ。かなり大胆に転んだみたいなので」

優斗君の記憶に、あのみっともない姿が残ってしまったのは間違いないみたいだ。

「……そうする」

優斗君は駅のロータリーに停まっているタクシーを近くに呼び寄せ、私を再び抱えて乗せてくれた。そして運転手に近くの病院名を告げると、「じゃあ俺はこれで」と言い残して駅の改札へと小走りで去っていく。

私はゆるゆると走り出したタクシーの中から、彼のうしろ姿を目で追う。足はズキズキと音を立てていたけれど、そんな痛みも忘れてしまうくらい嬉しかった。


それから何度かランチデートを繰り返し、ついに夜の待ち合わせに漕ぎつけたのは、約束のちょうど半分。半月後のことだった。

私は張りきってお洒落をして、待ち合わせ場所に向かう。三十分も早く着いてしまったけれど、待つ時間もそれなりに楽しかった。


だけど約束の七時になっても優斗君は現れない。それから三十分過ぎても、姿を見せないし電話もない。少しは遅れてくるだろうと思っていたけれど、ここまで遅いと心配になる。

あまり急かしたくはなかったけれど電話をしてみた。

……出ない。というより、電源が切られている。

いったいどうしたんだろう。仕事でなにかトラブルが？　それともまさか事故にでもあったんじゃ……。

そんな縁起でもない想像までしてしまい、何度もかけ直してしまう。

結局、連絡のつかないまま八時半になってしまった。私が優斗君を待ち始めてからだと、もう二時間にもなる。ここまでくると、さすがの私だって気付く。

約束を破られたんだって。

私から強引に誘って取り付けた約束だから、優斗君が乗り気じゃないことはわかっていた。でも、それでも優斗君は来てくれると思っていたのに。少なくとも、こんなふうに連絡もなく約束を破るような人じゃないと思っていた。

きっと……そうさせたのは、私なんだろう。好かれていないとわかっているのに、しつこくしたから。

胸の痛みが全身に広がっていくようだった。ずっと同じ姿勢で立っていたからか、足も痛い。泣き出したい衝動を抑えるのは大変だった。

もう優斗君が来ることはない。諦めて帰るしかない。そうわかっているのに、どうしても動けなくて、再び電話を取り出してしまう。

これで出てくれなかったら本当に諦めないと……。そう自分に言い聞かせながら発信ボタンを押す。

『……はい』

数回の呼び出し音の後、ひどく疲れた声が聞こえてきた。

出てくれた！

「ゆ、優斗君……」

ようやく連絡がついた安堵と、これから言われることの不安で緊張が高まる。

「優斗君、今何時だと思ってるの？」

緊張しすぎて、また責めるような口調になってしまった。すぐに後悔したけれど、優斗君から返ってきた返事は、私の言い方に怒っているというより、ただ困惑しているといった様子だった。

『え？　何時って……八時半だけど』

まったく悪びれないその口調に、今度は私が困惑した。

『……用件はなんですか？　今、出先なんで、急ぎじゃないなら今度にしてください』

……こ、これはもしかして……信じられないけど、すっぽかされたというより、約束自体を忘れられていた？　迷惑に思われているとかそんなレベルじゃなく、私の存在自体を忘れられていた？

まさかの現実に呆然としていると、優斗君の声が聞こえてきた。

『緑さん？』

その瞬間、悲しみや不安は一気に怒りへ変わっていった。事故に巻きこまれてたらどうしようって心配して、完全に嫌われたんだと落ちこんで。しかも飲まず食わずで二時間も立ったまま……もう秋も終わる寒い時期だっていうのに！

「今日、食事に行く約束してたじゃない！」

『えっ⁉』

「七時に待ち合わせの約束だったのに、優斗君が来ないから何度も電話したけど繋がらないし……私との約束忘れてなにしてたの？」

『それは……すみません、母の病院に行っていたので電源を切っていました』

「え……」

母の病院？

優斗君のお父さんは亡くなっていて、家族は今、お母さんしかいないはずだ。

「お母様になにかあったの？」

心配になってそう聞いたけれど、優斗君は詳しい事情を言うことはなく、代わりにいつもより少しだけ柔らかな声で言った。

『本当にすみませんでした。この埋め合わせは今度必ずします』

優斗君の言葉に嘘はないと思う。本当にお母さんの具合が悪くて病院にいて……。

私のことにまで気が回らなかっただけなんだ。

事情も聞かずに優斗君を責めるようなことを言ってしまったと、自己嫌悪に陥る。

でも……それでも少しでも顔が見たい。

「今度じゃなくて今からはダメ？　私、今から優斗君の所に行くから」

『……今からですか？』

気が進まないような声が返ってくる。やっぱり疲れてるかな。もし断られたら、今日は無理強いするのはやめよう。

『わかりました……緑さんは今どこですか？　中間で落ち合いましょう』

意外にも優斗君は応じてくれた。

……ただし、今日の待ち合わせ場所すら忘れていたこともわかってしまったけれど。

改めて決めた待ち合わせ場所の駅に、タクシーを飛ばして駆け付けた。

さすがに今度は来てくれるはず……。

少し乱れてしまった髪を手で整えていると、優斗君が改札口から出てくるのが見えたので近付いていく。

優斗君も私に気付くと、少し気まずそうな顔をしながらこちらに歩いてきた。

「緑さん……今日はすみませんでした」

さっき電話で話した時は責めてしまったけれど、私の中にそんな気持ちはもうすっかりない。

「もういいわよ。お母様の病院に行っていたなら仕方ないし……それより寒いからどこかに入らない？」

「……そうですね、じゃあ……」

飲食店が何軒か並んでいる中から、優斗君が決めてくれた店に入ると、私は手早く四、五品を適当に頼む。優斗君とのせっかくの時間をメニューで悩むのはもったいなかったし、待ちぼうけをくっていたおかげで腹ぺこだった。

それほど時間をかけず運ばれてきた肉料理とサラダを口に運びながら、心を落ち着かせ、話の切り出し方を考えた。

優斗君のお母さんのことは、ストレートに聞いても答えてくれるのだろうか。もしかしたら、私には聞かれたくないことかもしれない。婚約前提で付き合っていた時も、優斗君は家のことをほとんど話題にしなかったし……。

あれこれ悩みながら黙々と食事をしていると、優斗君がポツリと言った。

「そんなに入るんですか？」

「え?」

顔を上げると、優斗君は私の前にずらりと並んだ皿をじっと見ていた。

もしかして……食べすぎって思われてる?

そういえば、優斗君の前でこんなに食べたのは初めてかもしれない。いつもはガツガツしているところを見せないように気を遣っていたから。今日は他のことに気を取られていたせいで気が緩んでいた。

……こうなったら仕方ない。

「私、結構食べるの。太らない体質だし、普段は好きなだけ食べることにしてるの。優斗君、大食いの女は苦手?」

開き直った私はにこやかに微笑む。

「いや、そういうわけじゃないけど……ただ、前に何度か食事に行った時は、そんなに食べてる印象がなかったから」

「それは、私もいろいろと気を遣ってたからね。猫かぶってたのよ」

「は!? 気を遣ってたって、あれで?」

あれでって……優斗君によく思われたくて、かなりがんばっていたつもりなのに。

「遣ってたけど……気付かなかった?」

恐る恐る聞くと、優斗君は迷う様子もなく頷いた。

「かなり緑さんに振り回されていたんで……突然呼び出されたり、買い物やパーティに強引に同行させられたりで」

どうやら優斗君の中での私の印象は、婚約前提で付き合っていた時のものが大部分を占めているようだった。それも最悪な印象で。

たしかにあの時は、優斗君の表向きの優しさに甘えてかなりワガママだったけど、それでも私にも言い分はある。

「たしかにそうかもしれないけど、一緒に買い物に行ったり、パーティに出るなんて、付き合ってたら普通のことじゃない？」

当時、私は優斗君の本心なんてなにも知らずに、近い将来結婚するんだと信じていた。だから距離を縮めようと積極的に行動して、それが優斗君にとって迷惑なことだなんて考えもしなかった。

優斗君は私の主張を聞いて、なにか考えるように目を伏せる。

「たしかに緑さんの言うとおりですね……俺の態度も悪かったです」

「え……」

優斗君がこんなことを言うなんて、一ヵ月の契約が始まってから初めて。なんだか私の中で、優斗君との間にいつも感じていた壁がなくなったような……。すごく嬉しい。この気持ちを優斗君に伝えたい。

「優斗君あの――」

お待たせしました、とお店のスタッフが料理を運んできて言葉を遮る。スタッフが席を離れるまで仕方なく口を閉じていた私は、タイミングを逃してしまったせいでさっきの勢いを失ってしまった。こうしてふたりで過ごせる時間は限られているんだもの、きちんと話をしないと。

再びどう切り出そうか悩みながら、優斗君の顔をじっと見ていると、視線に気付いた優斗君が眉《まゆ》をひそめる。

「……なんですか？」

怪訝な顔をする優斗君に、私は意を決して切り出す。

「またなにか悩んでるの？」

「え？」

「あまり注文してなかったから」

「ただ食欲がないだけです……それより〝また〟ってなんですか？」

「だって、再会してからの優斗君っていつも暗い顔してなにか悩んでるイメージだから。そのわりに私にはなにも相談してくれないけど」

「暗い顔って……ずいぶんはっきり言うんですね」

優斗君は苦笑いを浮かべながら、ワインを一気に飲み干した。そんな優斗君の態度はいつもと少し違っていて、やっぱりなにかあったとしか思えなかった。

「優斗君……お母様になにがあったの？　今日、病院に行ったんでしょ？」

もう一度はっきりと聞くと、優斗君は少し躊躇《ためら》いながらも頷いた。

「母は自宅で怪我をして、その治療のために入院しているんです。緑さんにも今日はそのことで話があります」

「えっ？　話って……」

優斗君の真剣な様子に、私は不安を感じながら続く言葉を待つ。

「母の怪我自体は順調に治ってきています。でも問題は怪我じゃないんです」

「え？」

戸惑う私。優斗君は憂鬱そうな溜息をつき、俯いたままで重そうに口を開く。

「……母は心の病気です」

「え……嘘？」

そんなこと信じられなかった。

「だって……以前、ご自宅に伺ってお会いした時は、そんなふうには見えなかったわ」

そう聞くと優斗君は私の言葉を予想していたのかすぐに答えた。

「母が体調を崩したのは、家を移ってからです」

そういえば優斗君は私との婚約を破談にした後、引っ越しをしていた。

「母にとってあの家はとても思い入れのある場所だったんです。でも立ち退かなくてはいけなくなって……それから母の様子はおかしくなった」

心を病んでしまうほど思い入れがあった家……。そこまで思い詰めてしまうなんて、どんな理由があったんだろう。

「普通では理解できないことだと思う。でも母は、二ノ宮家に住込みで仕えていた使用人の娘なので、あの家は嫁ぎ先でもあったけれど、生まれ育った家でもあるんです。それを失うのは、全てを失うのと同じ感覚なんだと思います……。緑さんにこんなことを話すのは、これからのことを話すのに事情を言わないと失礼かと思って」

「これからのこと？」

なにを言われるのかわからないけれど嫌な予感がする。

「母の問題と向き合うのは本当に大変なことなんです。他のことを考える気持ちと時間の余裕なんてない。毎日仕事と病院の往復で精一杯なので、はっきり言って緑さんに割ける時間はありません」

話の流れから予想はしていたけれど、実際に言われると頭を殴られたような衝撃だった。

「ひと月という約束まではあと半月あるけど、会うのは今日を最後にしてください」

優斗君の話は理解できた。彼がここまではっきり言うんだから、本当に今は大変な時なんだろう。

「……事情はわかった……優斗君が今、大変なのも」

でも……それでも。

「……だからといって最後になんてしたくない。大変なのはわかったし、私も無理に誘うのはやめるように気を付けるから」

まるで縋《すが》るような言葉が口をついて出る。けれど優斗君は首を縦には振ってくれない。

「約束の期間はあと半月。緑さんに気を遣ってもらっているうちに終わってしまうんだから、お互い時間のムダでしかないと思います」

「ムダだなんて、そんなこと――」

「ムダでしょう？　今日のように病院の後、無理に会ったとしてもわずかな時間しかないし、なにより意味がないじゃないですか。結局、半月後には別れるんだから」

はっきり言いきられ、私はなにも言えなくなってしまう。自分で言い出した約束だってわかってる。でもどうにも割り切れなくて泣き出したくなった。

「意味がないなんて、優斗君が勝手に決めないでよ。そんなの私がどう感じるかでしょ？」

もしムダだったとしても、私は最後まで諦めたくなんかない。

「……それは、そうだけど……」

優斗君は、私の気持ちなんて理解できるはずもなく困りきっている。

「優斗君、約束してくれたでしょ？　私の気の済むように、一ヵ月は付き合うって」

なんとか気持ちを変えてほしくて必死だった。

「たしかにそうだけど……一ヵ月で別れるとも約束したはずです。半月早まったところでなにが変わるんですか？　結局同じことでしょう？」

「それは……」

痛いところをつかれて口ごもる。

いろいろと頭の中を巡らせたけど、どうにも取り繕《つくろ》うことができなくて正直な気持ちを言った。

「……一ヵ月間がんばれば、優斗君の気持ちも変わるかと思ったの……正直、別れることなんて考えてなかった」

「えっ⁉」

優斗君は驚きの声を上げる。私は気まずさでいっぱいになりながら俯く。

「だって……期限でもつけなかったら、優斗君は私と付き合ってくれなかったでしょ？　あの時……再会した時、私のことすごく迷惑そうな顔で見てたもの……」

あの日のことを思い出すだけで悲しくなってくる。

「優斗君は、半月経った今でも私が嫌い？」

短い間だけど、私なりに気持ちを伝えてきたし、さっきだって、本当にわずかだけど優斗君は笑顔を見せてくれた。それでも優斗君の気持ちにはなんの変化もなくて、今でも私に対する感情は嫌悪だけなのか。私の質問に優斗君は困った表情を浮かべる。

「……緑さんを嫌ってるわけじゃありません。ただ本当に今は余裕がなくて……」

優斗君は私に気を遣ってくれているのか、曖昧に言葉を濁す。はっきり言わないのは、私に対する思いやりなのかもしれない。

「……すみません」

優斗君が小さな声で謝る。なにに対して謝っているのだろう。私を乗り気にさせておきながら婚約直前で捨てたこと？　それとも気持ちに応えられないこと？　そんなこと考えても意味ないか。どっちにしろ、優斗君の決断は変わらない。

「優斗君が悩んでることも、大変な状態なこともわかった……たしかに私の存在は邪魔でしかないみたいね」

私がそうつぶやくと、そんなつもりはないとでも言いたげに、優斗君がこちらを見て口を開きかけた。それでもその口はなにも発することはなく、またゆっくりと閉じる。私は悲しみに沈みながら言った。

「しばらくは優斗君を誘わない。電話もしない……でも、もう一切関わらないって約束はできない」

「え？」

「一ヵ月の約束はなかったことになるんだから、私が優斗君の前からいなくなる話もナシになるでしょ？」

「それは……」

優斗君は戸惑って複雑そうな表情を浮かべる。

「さっきも言ったけど時間のムダです。こんなこと、緑さんにとってもよくないですよ」

私を説得したいのか、いつになく熱心だ。

「ムダかどうかは私が決めることだから……。それに私は優斗君以外、見向きもしないで待ってるなんて言ってないでしょ？　優斗君と会えるようになるまでに、他に好きな人ができるかもしれないし……」

そんなことはありえないと思うけど、こうでも言わないと優斗君がますます私を重荷に感じてしまう気がした。

「だったら、俺に執着する必要はないでしょう？」

「このまま今日を最後に優斗君と別れるなんて嫌なの。だからもう会わないって約束はできない……。でも、悩みが解決するまでは絶対に邪魔しない。私からは連絡しないと約束する」

私から連絡しなければ、優斗君と会うことも話すこともできない。結局、実質的には今日で別れることになる。それでも〝さよなら〟なんて口に出せないし、認めたくなかった。

「俺はなにも約束できませんよ」

優斗君の言葉に、私は胸の痛みを堪《こら》えて頷く。

中途半端に残っていた料理は、もはや口に入れてもなんの味も感じられなくて、とても食べ続ける気にはなれなかった。

店を出るとすぐに「じゃあお元気で」と告げられ、私は「ええ」とだけ返して別れた。

さよならは言わなかったけど、きっともう二度とこうして会うことはできない。

一度も振り返ることなく、駅に向かっていく優斗君の背中を喪失感でいっぱいになりながら見送る。自分からは連絡しないと約束したのに、もう追いかけたい。

その気持ちをぐっと抑えこむように両手を握り締め、優斗君が見えなくなるまで立ちつくしていた。

失恋

「つまり、またふられて別れたの？」

私の話を聞いた鈴香は、少し大袈裟なくらい驚き、高い声を上げた。

「私からは連絡しない約束だから、実質的には別れたことになるかもね……。でも優斗君から連絡が来たら会えるけ――」

「来ないでしょ」

溜息混じりに話す私の言葉を、鈴香はぴしゃりと遮る。私だってわかっているけど、わずかな希望に縋りたい。本当に限りなく低い可能性でも。

「ねえもういい加減、諦めたほうがいいよ。彼も迷惑だと思うよ」

「そんなことわかってるわよ」

「わかってないと思うけど？　緑、客観性を失ってない？　緑が心配だから、はっきりと言ってるんだよ？　このままじゃ幸せになれないよ。彼のことは忘れて緑をちゃんと見てくれる人と付き合ったほうがいいよ」

鈴香は本当に心配してくれている。それだけに私の諦めの悪さに苛立っているようだった。

私だって自分でもなにをやっているんだと思う。なんでこんなに割りきれないのか不思議で仕方ない。今までは、裏切られたりしたら迷わず別れられたのに。

忘れようと思っても、ほんの少しだけ見せてくれた優しさばかり思い浮かんでつらくなる。

「冷静に考えると嫌なことのほうが多かったはずなのに、なぜか嬉しかったことばかり思い出すの」

私がそう言うと、鈴香は複雑そうな苦笑いを浮かべた。

「前向きすぎるよ。普通は傷付けられたことこそ忘れられないものだよ」

「……そうだよね」

やっぱり私はおかしいのだろうか。二度もふられて望みがないことは痛いほどわかっているのに、まだ優斗君への想いが断ちきれないのだから。

でも、どうすれば諦められるのかわからない。

こんなふうに自分の感情をコントロールできなくなるなんて……。

「緑。溜息ばっかりついてないで、とりあえず早く支度しなよ」

「……今行く」

鈴香に促され、私は答えの出ない思考ですっかり重くなった頭を持ち上げ、やる気のない返事をする。

今日も、鈴香の知り合いが開くパーティに参加することになっていた。そういう場で知り合った人に仕事をもらえることもあるから、半ば営業活動なんだけれど、どうも気分が乗らない。

恋がダメになったからといって、仕事まで疎《おろそ》かになるなんて社会人失格。

そう思いながらも、また彼のことを考え始める自分に気付いて、深い溜息を吐き出した。


会場に到着し、いざ人前に出てしまえば、それなりに作り笑いくらいはできる。仕事に繋がりそうな人がいれば、愛想よく話しかけた。

「緑、結構声かけられてたじゃない」

しばらくして合流した鈴香はいつになく上機嫌。

「なにかいいことあったの?」

そう聞くと、鈴香はニヤリと笑った。

この笑い方は……いい仕事に繋がる出会いがあったのだろう。鈴香とは長年の付き合いだし聞かなくてもわかる。

「そろそろ帰る？」

私が切り出すと、鈴香もそうねと言いながら辺りを見回す。その直後、

「げっ……」

鈴香は品のない声を上げ、私の腕を引っぱった。

「なに？」

私も鈴香の視線を追い、そして無意識につぶやく。

「……最悪」

現れたのは、もう不愉快な記憶しか残っていない元カレ、神原龍也。なにか言いたそうに、含みを帯びた笑顔を浮かべて私たちに近付いてくる。

「緑、鈴香さん、久しぶりだね」

目の前まで来た龍也は、ひと際爽やかな笑顔で言った。まるで、以前のことなど忘れ去っているかのようだ。

「神原さん久しぶり。こんな所で会うとは思わなかったわ」

鈴香が営業用の笑顔で大人の対応をする。

「ああ、ふたりを見た時は驚いたよ」

私たちは共通の知り合いも多いのだから、偶然会っても不思議じゃない。驚くべきは、何事もなかったのように話しかけてくる龍也の神経のほうだ。

「緑、どうしたんだ?」

私がひとことも発しないことに気付き、龍也が顔を覗きこむ。

「……別に」

龍也相手では、怒りを伝えることも馬鹿らしい。

そっけなく言うと、龍也はあからさまにわざとらしく、同情するように切り出した。

「大変だったみたいだな。事情は聞いたよ」

「……事情?」

「婚約寸前でふられたんだろ?　大騒ぎになって相手は会社も失ったとか」

「な、なんで龍也がそんなこと知ってるわけ?」

思いがけない言葉にカッとなって言うと、龍也はおもしろそうな顔をした。

この顔……こいつ、私を馬鹿にしにきたんだわ。こんな男、まともに相手にしちゃいけない。

「鈴香、帰ろう」

私は龍也に背中を向けて立ち去ろうとした。けれど、

「この前、その見合い相手に会ったよ」

龍也の言葉に私は足を止め、勢いよく振り返ると詰め寄った。

「会ったってどういうこと？」

まさか、優斗君にまで嫌がらせを？　龍也のことだからありえない話じゃない。

そんなことしたら絶対に許さない！

龍也は私の態度に苦笑いを浮かべながら言った。

「そんなムキになるなよ。仕事で会っただけだ」

本当だろうか。疑いの眼差《まなざ》しを向ける私に、龍也は妙に楽しそうに話し出す。

「見合い相手、俺の会社に挨拶に来たんだよ。新しく赴任してきたって……ずいぶん若いのに事業部長だなんて、肩書きが立派だから気になって調べたんだ」

事業部長……新しい職場での優斗君の役職を初めて知った。

優斗君がんばってるんだ……。

なんだか自分のことのように嬉しい。

「でも、もとは会社のトップだったんだろ？　惨めで仕方ないだろうな。自分が継いだ途端に会社を潰して、今は使われる身だなんて」

「ちょっと！　なにその言い方、失礼でしょ⁉」

「本当のことだろ。周りも思ってるよ。無能だから会社を潰したって」

「そんな考え方するの龍也だけじゃないの？　だいたい優斗君のことそんなに調べ回っておかしいんじゃない？　なにが目的なわけ？」

龍也が、優斗君を馬鹿にしたようなことを言うのは許せなかった。

「人聞きの悪いこと言うなよ。ただちょっと気になって調べただけだ。普段のやり取りはないけど、取引相手に違いはないからな。そうしたら緑の見合い相手だっただろ？　俺もまったくの無関係じゃないから、ますます気になってさ」

「無関係だと思うけど」

「昔の恋人の見合い相手なんだから、気になるだろ」

「本当のこと言いなさいよ、なにか企んでるんじゃないの？」

龍也をきつく問い詰めようとすると、鈴香が話に割りこんできて言った。

「ふたりとももうやめなよ。注目浴びてるよ、場所を考えなさいよ」

厳しい声に、私も冷静さを取り戻す。

「ごめん」

鈴香にだけそう言ってから、龍也を睨み付けた。

「……鈴香、帰ろう」

私は鈴香を促し、まだ何か言いたそうな龍也の前から足早に立ち去った。

「大失態だね」

帰りのタクシーの中、鈴香は非難の目を向けてきた。

「なんで、あんなにムキになったの？　まともに取り合う必要ないのに」

「優斗君のこと悪く言うから、ついカッとしちゃって……龍也が優斗君に嫌がらせでもしたらって思うと黙ってられなかったの」

「龍也だって取引先の上役に馬鹿な真似はしないでしょ？　あれで出世欲はありそうだし、自分が不利になる行動はしないと思うけどね」

「そうだといいけど……」

でも龍也は、私の不名誉なウワサ、それも嘘を故意に流す男だし、まったく信用できない。

「それより自分のことを心配しなよ、また龍也と揉めたんだから。嫌がらせされる心配があるのは緑だよ」

そのほうが逆に気が楽だ。優斗君に迷惑をかけたり、嫌な思いをさせてしまうよりはずっといい。たとえ会えなくても、優斗君には幸せでいてほしい。

一方的な再会

すっかり優斗君とは疎遠になり、会わないことや連絡を取らないことが当たり前の日々は、私の中で定着しつつある。

今のところ龍也の嫌がらせもなく、一応は平和な毎日だった。だけど……。

「……はあ」

「なんだ、その溜息は？」

うっかり出てしまった溜息を聞き逃すことなく、兄は食事の手を止めて私を見た。

「……なんでもない」

気のない返事をする私に、兄は不機嫌そうな顔をする。

「最近、やる気がないみたいだな。いつもぼんやりしているし。二ノ宮家との件がまだ堪えているのか？」

「違うって何度も言ってるでしょ？」

またその話。もうウンザリ。

ちょっと、物思いにふけっていると、兄はすぐにそんなことを言う。まあ、兄なりに優斗君をお見合い相手に選んだ罪悪感を持っているのかもしれないけど。

「それならいいが……」

兄はそうつぶやいた後、私の様子を窺いながら言った。

「今日は茜《あかね》の見舞いに行くんだろう?」

「そうだけど、なにか伝えることある?」

茜さんは母方の従姉で、兄と同じ年だから、ふたりは昔から割と仲がよかった。なぜだかここ数年は交流がなくなってしまったようだけど。

その茜さんが、先日運転中の事故で入院したと聞いて、私は今日お見舞いに行こうと思っていた。

「茜のことはいいが……」

兄は憂鬱そうに私を見る。

「中央病院には今、二ノ宮優斗の母親が入院している。大きい病院だから偶然会う可能性は少ないと思うが、気を付けるんだぞ」

思わぬ兄からの情報に、私は驚きを隠せない。

もし、お見舞いに来た優斗君と偶然会ってしまったら……? 私は会いたい。でも、優斗君はきっと嫌がるだろうし、約束を破ることになってしまう。それに、優斗君はたしかにお母さんが入院していると言ってたけど、あれから何日も過ぎている。いまだに退院できないということは、優斗君が言っていた心の病気はよほど重症なのだろうか。

「……緑？」

兄の呼びかけに返事もせず、私はあれこれと思いを巡らせる。

でもよく考えたらこんなふうにコソコソする必要はないんじゃない？　私には茜さんのお見舞いに行くという大義名分があるんだし、もし優斗君に会ってしまったとしても不可抗力だ。

約束を破って追いかけているわけじゃないんだし、堂々としていればいいじゃない。

……なんて、威勢よく出かけたけれど、病院へ着くと急に怖気づき、私は結局コソコソと周囲を気にしながら茜さんの病室へ向かった。

正直なところをいうと、偶然優斗君に会えたら嬉しい。反面、優斗君が失望した顔をするかと思うと会うのが怖い。

この感情は、自分でももう、わけがわからない。

事前に聞いていた病室を探し、一応ノックをしてから扉を開けた。

「緑ちゃん来てくれたのね、ありがとう」

ベッドに上半身を起こして雑誌を読んでいた茜さんは、私を見るなり嬉しそうな顔をこちらに向ける。

「大丈夫？　事故に遭ったと聞いて驚いたわ」

茜さんはニコリと笑いながら答えた。

「私も自分で驚いた。まさかこんな大怪我するなんてね、でももう大丈夫」

「自動車事故って聞いたけど、茜さんが運転するなんて意外だった。前はペーパードライバーで運転できないって言ってたでしょ？」

「あっ……うん。最近練習始めてたの。やっぱり運転できないと不便だしね……」

茜さんの答えは、どこか歯切れが悪い。聞かれたくないことなのかもしれないと思い、それ以上は追及しなかった。

少しの間、なにかを考えるようにしていた茜さんは、私の持ってきた花かごに目を留めると柔らかな笑顔を浮かべた。

「これ、緑ちゃんが作ってくれたの？」

「そう、病室が華やかになったらと思って。気に入ってくれた？」

茜さんのイメージに合わせて、カスミソウやリンドウなどの控えめで小さな花をたくさん散らした可愛らしい花かご。

「ええ、緑ちゃんすごいわね。こんな素敵なものを作れるなんて」

「仕事だから」

そう言いながらも、気に入ってもらえたことは嬉しくて、私も顔がほころぶ。

それからしばらくは、他愛のない話をし、お互いの近況報告が終わると、茜さんは思い出したように話し出した。

「そういえば、ふたつ先の病室に入院している人、少し変わっているってウワサなの。怪我で入院しているみたいだけど、一度も病室から出たのを見たことないのよ」

私は部屋をグルリと見回す。

「たまたま茜さんが見てないだけじゃない？　いくらなんでもずっと病室にこもってるなんて」

個室だし、圧迫感があるほど狭くはないけど、それでも長い間こんなところから出ないなんてありえない。寝たきりならともかく、回復してきたら外に出たいと思いそうだけど……。実際、ここへ来る時、中庭を散歩している入院患者らしき人たちをたくさん見た。

でも茜さんは険しい顔をして首を振る。

「私だけじゃなくて他の人も見たことないの、変わっているでしょう?」

「まあ……そうね」

私としてはそれほど興味が湧かない話だ。たしかに変わっているとは思うけど、所詮他人の話だし。

私の気のない返事に、茜さんはつまらなそうな顔をして、それでも話題を変えずに続けた。

「その変わっている人の部屋にね、毎日若い男の人が来ているのよ。遅い時間にスーツ姿で来るから会社帰りだと思うんだけど、結構素敵な人で密かに人気があるの」

「ふーん。それなら話しかけてみればいいのに」

とりあえず合わせておく。

「話しかけづらい雰囲気なのよ。近寄りがたいというか疲れてるというか……」

「……疲れている?」

そのキーワードにぴくりと反応する。

「そう。なんかいつも疲れてる感じで、若いのに影があるというか……あっ、こう言うとイメージ悪いけど、実際は——」

「疲れていて影がある若い男……」

茜さんの話は途中だったけれど、私は座っていた椅子から立ち上がり、急いで廊下に飛び出した。

ふたつ先の病室の前に行き、ネームプレートを確認する。

『二ノ宮優子《ゆうこ》』

茜さんの話から予想していたのに、見た瞬間、ドキリと心臓が跳ねた。やっぱり優斗君のお母さんだ。茜さんの病室のこんなに近くにいたなんて……。

衝動的にお見舞いをしたくなったけれど、さすがに突然そんなことはできない。

身動きが取れずにその場に立ちつくしていると、看護師がやってきた。優斗君のお母さんの病室の中に入っていく。

扉が開いた時、一瞬だったけど垣間見えた部屋の中は、なんの飾り気もない、殺風景でとても寂しい雰囲気の部屋だった。


病院を出てからも、優斗君のお母さんのことが頭から離れなかった。

茜さんや他の入院患者からは変に思われているようだけど、もし優斗君のお母さんが重い心の病気を患っているなら、引きこもっても仕方ないと思う。それよりそんなウワサを立てられているお母さんと優斗君がかわいそう。それに……あの無機質で寂しい部屋。優斗君は男の人だし忙しいから、部屋の雰囲気にまで気が回らないのかもしれない。

「――それで、花を贈ることにしたわけ？」

鈴香は私が作業する様子をじっと見て言う。

「そう。部屋が明るくなれば少しは元気も出るかと思って。以前優斗君の家に行った時、花が飾ってあったの。だからお母さん、花が好きなんじゃないかと思って」

「そうかもしれないけど……でも緑にはもう関係ない人たちなんだよ。そんなことする必要ないんじゃない？」

「そうだけど……迷惑そうならこれで最後にする」

「ってことは迷惑じゃなかったら続けるってこと？」

バラとトルコききょう、ビバーナムを使った今日の作品は、我ながら気合の入ったかなりの自信作。

鈴香は完成した花かごを見ながら溜息をついた。

「それさあ」

「なに？　どこかおかしい？」

ちゃんと病室に飾るということを考えて作ったつもりだけど。

「惜しみなく花を使ってるけど、いくらすると思ってる?」

あ……でき栄えを気にするあまり、そんなこと考えていなかった。

「そんなことしても、二ノ宮優斗との関係が変わることはないと思うよ」

「……わかってる」

心の奥に痛みが走る。


夕方、茜さんのお見舞いへ行った時に、病院のスタッフに頼んで花を渡してもらうことにした。直接渡すのはやはりまずいと思ったし、それこそ下心丸出しな気がしたから。

その数日後、顔見知りになったスタッフに話を聞くと、お母さんは喜んでいたと言う。なんだか私も嬉しくなって、それ以来、定期的に花かごを届けていた。

「二ノ宮優斗は、緑からの花だってとっくに気付いてるよね。看護師から聞いているんだろうし。それでもなにも言ってこないって、それは徹底無視ってことだよ。もうやめたら?」

鈴香に止められるのは、これでもう何度目だろうか。だけど、迷惑と言われたわけじゃないし、お母さんが喜んでいるって話だったから、もう少し続けたい。せめて、茜さんが入院している間は、続けようと思っていた。

私は呆れる鈴香に見送られ、ふたつの花かごを持って病院に向かう。時計を見ると、午後五時を過ぎたところだった。茜さんに聞いた話だと、優斗君が来るのは毎日七時過ぎらしい。

この時間なら会う心配はない。私は通い慣れた廊下を歩き、茜さんの病室に入る。珍しく茜さんの姿がなかった。

検査かなにかに出ているのかな。

しばらく待っても戻らないので、病室を出て近くを探してみると、茜さんはすぐに見つかった。近くの休憩スペースで、電話をしているみたい。

「……緑ちゃんに、まだ話してないの？」

すぐに立ち去ろうとしたけれど、自分の名前が出たことでその場に立ち止まる。

「婚約の件、早く伝えたほうがいいよ。決まってから言ったら反感買うだろうし」

婚約話？　いったいなんのこ——え⁉

電話をする茜さんから、なにげなく目線を移した廊下の先に、優斗君の姿を見つけた。反射的にその場から逃げ出し、優斗君の視界に入らない位置に身を隠す。

心臓がうるさく跳ねだす。

まだ六時にもなっていないのに、なぜか優斗君がいる。

仕事はどうしたのだろう。龍也の話だと、かなりの役職に就いているはずだから、暇ってことはないと思うけど……。

恐る恐る顔を出し、優斗君の様子を窺う。優斗君は床に視線を落とし、ゆっくりと歩いていた。

……なんだかすごく疲れているみたいだし、重い足取りだ。顔色も悪い。しばらく見ないうちに優斗君の暗さは一層増していた。

優斗君は、お母さんの病室の扉の前に立つと、そのまま止まる。何かに躊躇っているみたい。しばらくして、ようやく病室に入っていった。

久しぶりに優斗君の姿を見た私は、かなり動揺している。顔を見たら、やっぱりまだ好きなんだと改めて実感する。具合が悪そうなのも気になるし、なにより、こんなに近くにいるのに話しかけられないことが、もどかしく苦しかった。

うしろ髪を引かれる思いで病院を後にしてからも、頭の中は優斗君のことばかりだった。

家に帰ってからも、延々と思い悩んでいた私は、突然、ある思いに辿り着く。

優斗君が会社を失ったのも、あの立派な屋敷を失いお母さんが病んでしまったのも、破談になった時に私が大騒ぎしたからなんじゃ……。

あの時、私がもっと冷静に自分の気持ちを伝えられていたら……プライドを捨てて素直な気持ちになれていたら、なにもかもが違ったのかもしれない。兄だって、優斗君の会社との取引をやめなかったかもしれない。

私は部屋を出ると、急ぎ足で兄の書斎へと向かった

ノックをしてから、扉を押し開ける。

「緑、なにか用か？」

「最近、優斗君がどうしてるのか知ってる？」

「……なぜ、そんなことを聞く？」

嫌そうな兄に気付かないふりをして、私は話を続けた。

「気になってるの……仕事が上手くいかなくなったと聞いたから」

「緑が気にすることはない」

兄はそっけなく答えるけれど、そんなの無理に決まっている。

「いいから教えてよ」

「……二ノ宮家の事業は、九条グループが受け継いでいる。取引は今までどおりだ。お前のことで二ノ宮優斗に不信感はあるが、九条グループとの付き合いをやめたらうちが潰れるからな」

「そ、そうなんだ……」

あれほど優斗君のことを怒っていた兄も、九条グループには頭が上がらないらしい。

「優斗君が、新しい会社でひどい扱いを受けてる可能性はあると思う？」

「それはない。二ノ宮家は九条グループの創始者一族と縁戚関係にあるしな」

それなら……優斗君の悩みは仕事じゃないということになる。

「……二ノ宮家の屋敷ってどうなったの？　誰かが買い取ったの？」

「さあな、売りに出したようだが……」

やっぱり、家が原因なのだろうか。

お母さんの病気は家を失ったからだと言っていたし。

「緑、二ノ宮優斗のことはもう考えるな。元々複雑な家庭環境が気になっていたし、破談になってよかったんだ」

「複雑な環境？　なにそれ」

兄が面倒そうにした話は衝撃だった。

優斗君のお母さんはお父さんの愛人で、お父さんには強い権力を持つ九条家出身の正妻がいた。その正妻にも愛人がいて、正妻と愛人の間にできた子供が、以前パーティで見かけた里桜さん。お母さんと優斗君は、二ノ宮家の離れでひっそりと暮らしていたんだそうだ。優斗君は、正妻が亡くなってお父さんとお母さんが数年前に再婚するまで認知もされず、不遇の時を過ごしていた。

まさか、優斗君がそんな苦労をしていたなんて。お見合いだったのに、兄も優斗君本人もそんなことは言ってなかったし、そんな気配も見せなかった
「どうして言ってくれなかったの？」

「公然の秘密だからだ、今となってはどうでもいいが。そんなことよりお前は今後のことについて考えろ」

兄の諭《さと》すような言葉に、私は上の空のまま答えた。

「今後のことって？　まさかまたお見合いしろとか言う気？」

適当に言ったのだけど、兄は真顔で頷いた。

「ああ、いい話があるんだ」

「私はお見合いも結婚もする気はないから。前にも言ったでしょう⁉」

優斗君以外と付き合うなんて、今は考えられない。でも優斗君にその気はないのだから、私は当分独身生活を送るしかない。

「お前はもう二十七だろう？　いつまで実家で気ままに過ごす気だ？　いい加減身を固めろ」

身を固めろって……。

「今は二十七で独身なんて珍しくないし、私の周りでは結婚しているほうが少ないわ。いつか時期がきたら結婚するだろうし、放っておいてよ」

「時期っていつだ？」

そんなこと、今聞かれてもわかるわけがない。

「どうして私の結婚を急がせるの？」

そう言うと、兄はなぜか気まずそうな顔をした。

「……とにかく、私は誰ともお見合いする気ないから」

私はそう言い残し書斎を出た。

結局、優斗君が弱っている理由は曖昧だった。兄が嫌がらせをしているのではなかったから、多少はホッとしたけれど。

でも優斗君の家庭環境はあまりに複雑だ。彼の悩みはもしかするとそれに関係しているのかもしれない。心配で仕方ないけど、私がどうこうできる問題ではなさそうだった。それに優斗君は私の助けなんて求めていないし、きっと余計なお世話だろう。

数日後、私は打ち合わせ用の資料が入った大きなバッグを持ち、顧客のレストランの扉を開いた。

奥のスペースに通され、もうすっかり慣れた間柄のオーナーと打ち合わせをする。問題なく話を終え帰ろうとした時、ホールの客席に優斗君を見かけ、私はとっさに柱の影に身を隠した。

まさか、ここで会うとは思わなかった。今まで何回も訪れているけど、優斗君を見かけたことなんてなかったのに。でも驚いたのはそれだけじゃなくて……。

私はそっと顔を出し、ホールの様子を窺う。優斗君は中央の席に座っていた。そして、その正面には私の知らない女性。小さな身体に、華奢な肩。その上で癖のある髪が楽しそうに揺れていた。

誰だろうなんて、考える必要もなかった。私の頭の中で作り上げていた人物像と、そう差はなかったから。あれはきっと、婚約破棄する時に優斗君が言っていた相手。

忘れられない彼女だ――。

彼女と会話する優斗君の顔を見ると、それはもう確信に変わった。楽しそうな明るい笑顔。優しく彼女を見つめる目。

私には、あんな顔見せてくれたことは一度もなかった。足が固まってしまったように動かない。早くここからいなくならなくちゃいけないのに。

混乱する私に、店のオーナーが声をかけてきた。

「あれ、栖川さん？　どうしたんですか？」

「あ……なんでもないです」

ようやく動くことができた私は、オーナーになんとか笑顔を見せると店を飛び出した。通りを走っていたタクシーに飛び乗りそのまま家に向かう。本当は打ち合わせの後、買い物をしようと思っていたけど、もうそれどころじゃない。

今まで、優斗君には何度もふられてきたけど、今日見た光景は今までで一番ショックだった。

ずっと優斗君のことが心配で、少しでも元気になってほしいと思っていた。どうすればいいんだろうと考えていたけれど、答えは簡単だった。

優斗君は彼女といられれば、それだけで幸せなんだ。複雑な家庭環境で、悩みも多いだろうけど、彼女がいれば癒されるのだろう。彼女とはダメになったと言っていたけれど、レストランで見た様子では、まるでヨリが戻っているかのように仲睦まじく見えた。

きっと優斗君は幸せになる。

もう、暗い顔はしなくなる。

「……」

携帯電話を取り出して、優斗君のアドレスを呼び出した。一瞬、躊躇いながらも削除ボタンを押す。

寂しいけど、仕方がない。私が優斗君の周りをウロウロしてたら邪魔だろうし、それに優斗君から連絡が来ることは二度とないとよくわかった。私が優斗君のためにできることは、もうしつこくしないこと、邪魔をしないことだけだ。

優斗君のアドレスが消えた携帯をじっと見つめていると、涙が溢れてきた。

つらくて、悲しくて仕方ない。

失恋して大泣きするなんて初めてだった。自分がこんなに弱いとは思ってなかった。

ベッドに顔を埋めて、気が済むまで泣き続けた。

「……どうしたの？　その顔」

泣きすぎで、ひどく浮腫《むく》んだ顔を見た瞬間、鈴香が高い声を出した。

「……ちょっと失恋しちゃって」

私はそう答えるとパソコンの電源を入れた。

「え、失恋って……今さら？」

自分でもそう思うから、反論はしない。

「優斗君のこと、本当に忘れる。茜さんも退院するし、病院にも行かなくなるし」

「なにかあったの？」

「……あったけど……今度話す」

今はまだ気持ちが落ち着かない。話したら、涙が出そうだった。


それから数日後、私は退院前日の茜さんに会いに行った。優斗君のお母さんには、最後の花を贈り、もう二度と病院に近寄らないと決心した。

優斗君のことは強制的に頭の中から追い出して毎日を送った。仕事に力を入れ、積極的に営業活動したり、人脈作りに励んだり。

ふとした瞬間に胸は痛くなったけど、一度思いきり泣いたせいか、なんとか平常心を保っていられた。

時間が経てば、優斗君のことを忘れていく。少しずつ痛みもなくなるはず。

そうやって過ごしていたある日、登録していない番号からの着信が入った。

「――え？」

知らない番号のはずなのに、すぐにわかってしまう。アドレスを消しても、記憶からは削除されていなかった。

優斗君……!? いったいどうして？ 優斗君のほうから電話してくるなんて……。

震えそうになる声を抑え、応答した。

「……はい」

『緑さん？ 二ノ宮です』

「は、はい」

以前と変わらない優斗君の声が聞こえ、心臓がドキドキとして目眩《めまい》がしそうになる。

『久しぶりです。今、大丈夫ですか？』

私とは対照的に優斗君は落ち着き払っている。

「あ、大丈夫……あの久しぶりだけど……優斗君なにかあったの？」

私からすれば、久しぶりでもなんでもないけど、それよりもどうして優斗君が電話をしてきたのかが気になった。

『いえ、なにかあったわけではないんですが……』

優斗君は少し躊躇ってから続けて言った。

『近いうちに会えませんか？　場所と時間は緑さんの都合に合わせるので』

「……ええっ⁉」

まさかの優斗君の言葉。な、なんで突然？

混乱していると、再び優斗君の声が聞こえてきた。

『都合悪いですか？』

「いえ、まったく……私はいつでもどこでも大丈夫！」

〝優斗君のことは忘れる〟という固い決心をあっさり投げ打って叫んでいた。

『え……そうですか。では最後に会ったレストランで……』

優斗君は私の勢いに圧されたのか、強張った声を出しながらも、場所と時間を伝えてきた。

電話を切った後も、呆然としてなかなか頭が回らなかった。

男友達

「……なんでそんなに機嫌がいいの？」

ウキウキしながら、大量の伝票処理をする私に、鈴香は訝《いぶか》しげな視線を送ってきた。

「領収書の整理、大嫌いだったよね？」

鈴香は机の上に積まれた処理済みの領収書を一枚手に取って、顔をしかめる。

私たちの事務所は、経理なんかもちろんいないから、それぞれが伝票をきちんとファイルして、会計ソフトに入力しておかないといけない。でも私はこの地道な作業が苦手だった。

月に一度、契約している税理士がチェックする時は、大抵私が処理した分に直しが入る。苦手意識からさらに嫌いになるという悪循環なんだけれど、今日に限っては少しも苦にならなかった。

これが終われば優斗君に会える。そう思うと、つい歌まで口ずさみそうになるほど嬉しい。

「今日ね、優斗君に会うの」

私は少し得意げな顔で鈴香に話した。

「え……でも緑、失恋したんじゃなかった？」

首をかしげて不審な顔を向ける鈴香。

「そう思っていたんだけど、優斗君のほうから連絡してきてくれたの……会おうって」

にやけそうになるのを堪えて言う。嬉しくて仕方なかった。優斗君から連絡をくれるなんて思ってもいなかったから。

浮かれる私に対して、鈴香は逆に浮かない顔になった。

「ねえ、喜んでるところ言いづらいけど、あえてはっきり言うわよ……？　彼の用件ってなにか聞いてるの？」

「え？」

「いい話とは限らないでしょう？　今まで完全無視されてたのに、急に仲よく食事なんてこと、あるわけなくない？」

……たしかに。急に不安になって、私は作業の手を止める。

優斗君の用がなんなのかは聞いていなかった。久々の接触に興奮して、そんなこと確認する余裕なんてなかったのだ。考えてみれば、今まで優斗君から連絡をくれた時は決まって別れ話だった気がする。

まさか……今回もまた別れ話？　でも、もうすでに別れているのに、さらにとどめを刺されるなんてことある？

さっきまでの浮かれた気持ちはすっかり消え失せ、代わりに嫌な予感ばかりが頭の中に渦巻いていく。

不安でいっぱいになり、仕事を終えた時にはもう、待ち合わせのレストランに行くのが怖くなっていた。

やっぱり、ちゃんと別れを言われるような気がする。この前見かけた彼女とやり直すから、私のことはしっかりとケリをつけたいのかもしれない。

行きたくない。でも……優斗君との約束を破るわけにもいかない。

重い気持ちのまま、それでも待ち合わせの十分前にはレストランに到着した。

優斗君はまだ来ていない。私は店員に待ち合わせだということを伝え、席に座ると優斗君をじっと待つ。

十五分ほど経ったころ、優斗君がやってきた。

「遅くなってすみません」

優斗君はそう言いながら、私の正面に座る。

こんな近くで、真正面から優斗君を見るのは本当に久しぶりだ。

やっぱり……格好いい。

少し痩せた気もするけど、茶色がかった目も、切なげな表情も全てに胸が締め付けられる。

「緑さん、どうかした？」

「あ、なんでもない……ちょっとぼんやりしちゃって」

久しぶりに優斗君と会った嬉しさと、これからの不安がごちゃまぜになって、異常に鼓動が速くなる。気の利いた言葉も探すことができずに黙りこんでいると、優斗君が話を切り出してきた。

「緑さん、お見舞いの花をありがとうございました。母も喜んでいました」

「えっ、ああ……そのことなら……病室が明るくなればいいと思って」

予想外の言葉に戸惑ってしまう。

優斗君は続けて言った。

「あの花は、緑さんが選んでくれたんですよね」

「選んだというか……」

予想はしていたけど、優斗君は私の仕事を知らないようだった。

「あれは私がアレンジしたの」

少し落ちこみながら返事をする。

「え？」

優斗君は理解できないように首をかしげた。

「やっぱり知らなかったんだ……私、フラワーコーディネーターなの。花は私の仕事なの」

「……仕事？」

「昔から花が好きで、仕事にしたくて鈴香と共同で自分の事務所を構えたの。といっても、兄が協力してくれたからできたんだけどね。最近はやっと軌道に乗ってきたのよ」

「そうなんですか……」

花の仕事が意外だったのか、優斗君は改めて私を観察するようにしながら相槌を打つ。その様子を見ていたら寂しくなって、思わず言ってしまった。

「本当に優斗君は私に関心がなかったんだね……婚約寸前だったのに」

優斗君はバツが悪そうに目を伏せる。

……失敗した。

こんな恨みごとみたいな発言するつもりじゃなかったのに。せめて最後くらい、嫌な女と思われたくない。

とはいえ、別れに怯《おび》えながらこうして向き合うのはつらすぎる。

「……今日は……はっきりと別れを言うために呼び出したんでしょ？」

この状況に耐えきれなくて、自分から話を切り出した。

「えっ？」

優斗君はなぜか驚愕したように上擦った声を出す。

「別れって……どうしてそんなこと？」

優斗君は不思議そうな顔で私を見る。

どうしてって……。

私のほうこそ、どうして優斗君がそんなことを言うのかわからない。それでも聞かれたことには答えた。

「この前、優斗君が女の子とふたりで食事をしてるところを見たの。以前話してた好きな子なんだろうなってすぐに気付いたわ」

「え……いつ？」

「何日か前よ。Ｐホテルの近くのレストラン」

そう言うと、優斗君は思い当たったのか、無言になった。私に見られたことを不快に思ってるのかもしれない。私は慌てて弁解する。

「あの店に飾ってある花はね、私がアレンジさせてもらってるから週に何度も出入りするの。あの日も打ち合わせで店にいて……それで優斗君たちを見かけたのよ」

「あの店に緑さんが……」

「優斗君のこと、ずっと心配していたの。約束だから私からは連絡しないつもりだったけど……。でも、この前彼女といるのを見た時、私の心配すら余計なことだったとわかった。このまま連絡もなく、優斗君とは疎遠になると思ってたから、電話をもらった時は驚いた。……今日は正式に別れを言われるんでしょう?」

私の話が終わっても、優斗君は黙ったままだった。

いったいなにを考えているのかわからない。

「……優斗君?」

恐る恐る呼びかけると、優斗君はハッとしてこちらを向く。

「あ、すみません……ぼんやりして……」

優斗君の返事に、私は一気に力が抜けた。

「ぼんやりって……。こんな時まで?」

勇気を出して話したのに、とガックリしていると、優斗君は決まりの悪そうな顔をして話し出す。

「ぼんやりしたのは緑さんの言葉に驚いたからです。俺は今日、別れを言うつもりなんてなかったから……」

……今、なんて?

頭の中で、優斗君の言葉を思い返した。

『俺は今日、別れを言うつもりなんてなかった』

「……ええっ⁉」

思わず大きな声を上げてしまった。

周りの視線が一気に集まる。はずかしさに口を押さえて下を向いた私に、優斗君は珍しく声を立てて笑ってみせた。

作り笑いじゃない本当の笑顔に見えて、思わず見とれていると、優斗君が真面目な顔になり言った。

「今日は本当に花のお礼を言いたかっただけです」

「ほ、本当?」

「それから緑さんの見た女性は、たしかに以前話した彼女です。だけどやり直すために会っていたわけじゃない。彼女とは話し合って、お互い納得して別れたから」

「え……嘘、だって……」

私は混乱したまま、視線をさまよわせた。

私……もしかしたら早とちりした？　今まで全部、思いこみで話をしていた？

どうしよう、かなりはずかしい。

けど……おかげで優斗君が彼女とヨリを戻していなかった事実を知ることができた。じんわりと嬉しさが込み上げてくる。

優斗君は私を見たまま言葉を続けた。

「緑さん、正直に言うけど、俺は緑さんのこと、好きかと聞かれたらよくわからないんです」

「……えっ？　それってどういう意味？」

どう反応すればいいのか迷いながら、優斗君を見つめた。

「緑さんが、俺と母さんをずっと心配して気にかけてくれてたことはわかっています。だから俺もちゃんと緑さんと向き合おうと思って本音を言ってるんです」

「そ、それで本音が、好きじゃないってこと？」

向き合ってもらえたことは嬉しいけど、内容が……。

好かれていないとわかっていたはずなのに、複雑な気持ちになる。

「そうですね……でもこうして緑さんと会うことを、嫌だとも思いません」

「それは……好きでもないし、嫌いでもないってことよね……」

「まあ……そうですね」

「……どうでもいいってこと?」

優斗君の言葉を頭の中で繰り返しながら、慎重に聞く。

今度は先走って、勘違いしたくない。

「そういうわけじゃないんですけど、ただ今は誰かと付き合うことは考えられないんです。本当に余裕もないし、だからといって緑さんを避けようとも思わないってことです。緑さんさえよければ友人として付き合いたいと思ってるし……」

私は少し考えてから、優斗君を探るように見て言った。

「今は仕事やお母様のことがあるから付き合わないってこと?　相手が私じゃなくても……」

「はい」

優斗君はすぐに頷いた。

……なんだか……すごく嬉しい。

優斗君は彼女とヨリを戻すわけじゃなかった。しかも、私とは友達になってもいいと言っている。これってすごい進歩だと思う。

「わかった、じゃあこれからは友達で！　あっ、私はまだ優斗君を好きだけど、焦らないことにするね。完全拒否から友達になれたんだから、すごい進歩だわ！」

気分がたかまって、勢いよく言ってしまった。私につられたのか、優斗君も小さく笑ってくれた。

友達。

なんて素敵な言葉だろう。友達だということは、電話をすることも、食事に誘うことも許されるということ。偶然会ったら、駆け寄って話しかけることができる関係。

周りの景色が急に明るくなった気がした。


「というわけで友達になったの！　別れどころか、すごい進展だったわ」

さっそく上機嫌で報告した私に、鈴香は微妙な顔をしてみせた。

「でも、元は婚約前提で付き合ってたんだから、後退したんじゃないの？」

水を差すような言葉も、今の私は気にしない。

「心の距離が近付いたって意味だから。優斗君から友達って言ったんだから、嫌々付き合ってたころよりずっと近くなったでしょ？」

「そっか……まあよかった。緑、幸せそうだし」

鈴香は苦笑しながらそう言ってくれた。

「で、これからどうするの？」

「どうするって？」

鈴香の言葉に、私は首をかしげる。

「ずっと友達のままでいいの？」

「……理想を言えば恋人同士になりたいけど、焦らないことにしたの。今は友達になれただけで十分」

「ふーん。花のプレゼントは続けるの？」

「うん、続ける。お母さん、私の花を気に入ってくれてるそうだから」

ウキウキしながら、次はどんなアレンジにしようか考えを巡らせ、そのまま上機嫌で仕事に取りかかろうとした私に、鈴香がボソリと聞いてきた。

「……二ノ宮優斗の母親って、どんな人？」

「え？　どんなって、物静かな人だったよ。多分繊細な性格だと思う」

実際、優斗君のお母さんについてはよく知らないけれど、以前会った時の印象と、それから引っ越しで心の病にかかった事情からそう答えた。

「なんで優斗君のお母さんのことが気になるの？」

鈴香の発言が唐突な気がして聞いてみると、鈴香は淡々と答えた。

「だって、可能性は限りなく低いけど、もしかしたら緑の姑《しゅうとめ》になるかもしれないでしょ？　ちょっと気になって」

「し、姑って……」

珍しく気の早い鈴香の言葉に、なんだか焦ってしまう。でも、想像すると嬉しくもなる。私は気分よく鈴香に答えた。

「嫁姑問題とかは起きなそう。本当に静かな人だしね」

「へえ……それはよかったね、世の中には嫁姑問題で苦労している人多いからね。まあ、全ては二ノ宮さんと付き合えたらの話だけどね」

「わかってるわよ」

釘を刺すように言う鈴香に口を尖らせて答えた。

優斗君と友達になって三日後。さっそく、夕食の誘いのメールをしてみた。本当は次の日にでも連絡したかったけど、あまりしつこいところを見せちゃいけないと思って我慢していた。

少し緊張しながら返信を待っていると、一時間後には了解の返事。その今までにないい早い対応と、いい返事に、つい浮かれてしまいそうになる。

優斗君と知り合ってから、今が一番幸せだと思う。優斗君は食事の後、お母さんの病院に行くそうだからあまり時間はないけどそれでも嬉しい。

張りきって花かごを作り、待ち合わせのレストランに向かうと、優斗君は時間どおりにやってきた。今まで少し遅れるのが普通だったから心の中で驚く。

「お待たせしました」

優斗君が微笑みながら言う。その自然な笑顔に胸が高鳴った。

「私も来たばかりだから」

今日は本当に十分しか待っていない。穏やかな雰囲気の中、注文した料理を待った。

「優斗君これ、お母さんに渡してね」

手提げに入った花を渡すと、優斗君は嬉しそうに目を細めた。

「ありがとう。母も喜ぶよ。緑さんの花にはいつも関心を示すんだ」

「喜んでくれて私も嬉しい」

優しい優斗君の言葉に舞い上がりそうになる。

「お母さん、まだ退院できそうにないの？」

「しばらくは無理だと思う。家に帰っても昼間は誰もいないからね」

そういえば、優斗君は今ひとりで生活してるんだった。

家事とかどうしているんだろう。仕事もあるし、ひとりじゃ大変じゃないのかな。

こういう時、恋人なら手伝いに行くのだろうけど、友達がそこまで踏みこんだらまずいだろうし。心配だけど、私にできることは少ない。

なんだか友達になった途端、以前のように押せなくなってしまった。せっかくいい関係になったのに、嫌われたくないと思ってしまう。

そんなことを考えていると、優斗君は意外なことを言い出した。

「緑さんの従姉は退院したみたいだね。この前、外来で見かけました」

「えっ、そうなの？　優斗君よく気付いたね……」

優斗君に茜さんが入院していたことは話したけど、紹介したわけじゃない。せいぜい病院ですれ違ったくらいだと思う。それなのに、外来でチラッと見かけただけで気付くなんて。

まさか、優斗君は茜さんが好みとか⁉

そんな疑いを持っていると、優斗君は他意のなさそうな自然な様子で言った。

「栖川さんも一緒だったからね。ひとりだったらわからなかったと思う」

「え？　兄が？」

茜さんと兄はずっと疎遠だったはずなのに。どうしてふたりが……。

「なにか問題でも？」

「えっ……ううん、なんでもないわ」

私は慌てて笑顔を作った。せっかくの優斗君とのディナーなのに、兄のことなんて気にしている場合じゃない。もっと楽しいことを話さないと。

でも……そうはいってもなにを話せばいいんだろう。今までは好きだってアピールしてばかりだったし、なにしろ優斗君に嫌がられていたから、ろくに会話が成り立ってなかった。

だからか、こうして優斗君がちゃんと聞いてくれる状態になっているのに話題に悩んでしまう。心のままに話したら、友達って感じじゃなくなっちゃうし。

あれこれと悩んでいると、優斗君のほうから話しかけてきてくれた。

「そういえば、先日緑さんの友人に会いました」

「えっ？　友人？」

いったい誰？　優斗君は私の知り合いによく会うなと思いながら聞き返した。

「鈴香じゃないわよね？　そんなこと、ひとことも言ってなかったし」

優斗君は頷きながら答えた。

「F商事の神原さん。緑さんと友人だって向こうから話しかけてきたんだ」

かろうじて態度に出さなくて済んだけど、内心は衝撃でひっくり返りそうになった。

よりによって龍也が相手だなんて、もう最悪としか言いようがない。

「緑さん？」

「あっ……ええと、優斗君、どこでり……神原さんと会ったの？」

動揺を顔に出さないように努めて言うと、優斗君はあっさり答えてくれた。

「偶然、仕事で一緒になったんだ。彼は取引先の担当者だから」

「えっ？　でも優斗君は事業部長でしょ？　彼と話すことなんてある？」

龍也は確か主任だったはず。

ふたりの役職には開きがあるし、頻繁に連絡を取り合うことはないはずだ。

以前、龍也本人がそんなことを言っていた。

不安になりながら返事を待っていると、優斗君は少し眉をひそめて言った。

「緑さん、なんで俺の役職を知ってるんですか？」

「え……あ、兄に聞いたのよ」

とっさにそうごまかしてしまった。龍也から聞いたなんて言って、龍也との過去を優斗君に知られたくない。まあ、龍也が話してしまったら終わりなんだから、自分から話したほうがいいのかもしれないけど、恋人でもない私が、「昔の彼で、今ではなんの関係もないの」なんて言ったところで、優斗君も困るだろう。

「神原さんとは最近、疎遠になっているの。だから優斗君もなにか言われても気にしないでね」

「え……ああ、そうなんだ」

優斗君はあまり納得していない様子だったけれど、深く追及してはこなかった。

当然、私と龍也の関係が気になるといった気配は微塵もない。

それはそれで少し残念に思っていると、優斗君は少しだけ暗い顔をして言った。

「俺がこうやって緑さんと会っていることを知ったら、栖川さんは気を悪くするでしょうね」

「え……まあたしかに……」

兄はいまだに優斗君を許してはいない。

でもそれは、体面を潰されたことというより、私を傷付けたことに対して怒っているほうが大きいのだと思う。

だから、ちゃんと事情を説明すれば、兄だってわかってくれるはず。もし頑固に反対したとしても、私は優斗君と会うのをやめるつもりはない。

「気にしなくて平気よ。兄の気もそのうち変わるわ」

「……ずいぶん、気楽ですね」

「だって……兄になにか言われても私の気持ちは変わらないもの」

「それで栖川さんが怒ったらどうするんですか？　家を追い出されでもしたら……」

優斗君は心配そうに言う。私からしたら、少し大袈裟なくらい。

こんなふうに悪いほうに考えるところは、以前兄から聞いた複雑な家庭環境のせいなのだろうか。

「……そんなことで追い出されないし、もしそうなってもマンションでも借りてひとり暮らしするわ。子供じゃないんだし、実家を出たってどうにでもなるでしょ？　私がそれくらいでメソメソ泣くように見える？」

優斗君の気持ちが少しでも軽くなるといいと思いながら、私はいつも以上に明るい声で話す。

「……たしかに見えないな。緑さんが泣くところは想像できない」

優斗君は小さく笑いながらそう言った。

そのセリフに若干の不満はあったけれど、優斗君の顔が明るくなったので、よかったと思った。

優斗君との穏やかな友達付き合いは順調に進んでいった。食事に誘えばよほど忙しくない限り来てくれたし、約束を忘れられることもない。この間は一ヵ月前から悩んで購入したバレンタインデーのチョコレートだって、快く受け取ってくれた。

会っている時は、優斗君も少しずつ笑うようになってきて、だんだんと心を許してくれているんだと感じられる。それだけで幸せな気持ちになれて満足だった。

そんなある日、なんと優斗君から買い物に誘われた。今まででじゃ考えられないことだった。優斗君からの誘いも珍しいけど、しかもショッピングだなんて。

……なにを買いにいくのだろう。

以前付き合っていた時に、何回か買い物に出かけたけれど、全て私の買い物に付き合ってもらっただけで、優斗君はなにも買ってなかった。どんな店に行っても、大した興味を示さなかった。

わざわざ私を誘う買い物の内容が気になって、そして優斗君に誘ってもらえたことが嬉しくて、その日はなかなか眠れなかった。

今まで、デートひとつにこんなに浮ついた気持ちになったことはない。しかも正確にはデートではなく、私たちは付き合ってすらいない。過去付き合っていた時にだって、手すら繋いでもらえなかったという、完璧に健全すぎる関係。こんな恋愛、学生の時もしたことない。それなのに、どうしてか毎日が幸せで充実した気分だった。

待ち合わせ場所にはすでに優斗君が待っていた。会社帰りのスーツ姿で、少し俯き加減で佇《たたず》んでいる。

まさか優斗君が先に来ているなんて。

慌てて腕時計に視線を落とし、時間を確認すると、七時五分前。待ち合わせは、七時ちょうどだ。

仕事が立てこんでいて、いつもより到着が遅れてしまったけど、待ち合わせ時間には遅れていない。

どうしてこんなに早く来てるんだろう?

私はとにかく急いで駆け寄った。

「ごめんね、待たせちゃった?」

優斗君はのんびりとした動作で顔を上げる。

「あ、緑さん。俺もついさっき来たところだから」

機嫌よく言われてホッとした。

「よかった、じゃあさっそく買い物に……そう言えば今日はなにを買いにいくの？」

「明後日ホワイトデーだろ？　会社の子になにか買って渡さないといけないんだ」

「……え？」
ホ、ホワイトデー？　そう言われれば、たしかにそうだけど。まさか買い物が、女性へのプレゼントだったなんて。しかも、ホワイトデーになにかを贈るということは、バレンタインデーになにかをもらっているということ……。
いろいろと想像してしまい、私の気分は一気に下降していく。

「緑さん、どうかした？」

「ううん、なんでも……ホワイトデーのお返しなら、そこのデパートでいろいろ見られそうだね……ところで何人くらいに買うの？」

探りを入れるようになってしまったけれど、優斗君は疑う様子もなく答えてくれた。

「十人かな……いや、十一だったかな。まあ多めに買って、余ったら里桜にあげればいいから十一でいいな」

優斗君は少し考えてから、後半はひとりごとのようにつぶやいた。

十人……。もしかしたら、さらにひとり増える。優斗君に十一人もの女性がチョコレートをあげていたなんて。優斗君は仕事と家のことで大変だってことばかりが頭にあって、迂闊《うかつ》にも会社の女の子の存在を考えていなかった。

「ねえ優斗君。あの……その会社の子のチョコっていうのは、どういうものだったの？」

デパートに向けてゆっくりと歩きながら、優斗君に質問した。

「え、普通のチョコだけど」

「いや、普通とかじゃなくて……ほら、よく義理チョコとか、本命チョコとか言うでしょ？　それによってお返しに買うものも変わると思うし……」

さりげなさを装いながら聞くと、優斗君はフッと笑う。

「全部義理チョコだろ？　本命チョコなんてひとつももらってないよ」

「……そうなの」

ホッとするのと同時にがっかりした。

私のチョコは本命チョコだった。存在を忘れているのか、友達だから義理としてカウントしているのか。

そもそも私へのお返しはどうなっているのだろう。会社の子たちと同じものをくれるのか、それともスルーされてしまうのか。いろいろと思うところはありながらも、私はデパートに着くなり、会社の女の子へのプレゼントを真剣に選んでいた。

「ありがとう、緑さんのおかげで簡単に選べたよ。去年はひとりで来たから結構時間がかかったんだ」

「お役に立ててよかった」

私へのお返しはなかったことに少しがっかりしながらも、顔に出さないようにして微笑んだ。

まあ、仕方ない。そもそもお返しが欲しくてチョコを贈ったわけじゃないんだし。

優斗君の役にも立てたし、よかったかもしれない。

そんなことを思っていると、優斗君が自然な口調でサラッと言った。

「緑さん時間ある？　食事でもして行かないか？」

「え？　い、行く！」

やっぱり変なヤキモチを妬かずに選んでよかった。こんなにいいことが待っているなんて！　しかも向かった先は私も気に入っているレストランだったから、さらに嬉しくなった。

食欲も湧いてきた私は、ボリュームのある肉料理のコースを注文した。

「緑さんは痩せの大食いだな」

優斗君は感心したように言い、自分はあっさりした魚料理のコースを注文した。

「優斗君は食欲がないの？」

今もいろいろと悩んでいるのだろうか。心配になって聞くと、優斗君はそんなことはないと否定した。

本当かはわからなかったけど、前みたいに顔色は悪くないし、笑うこともあるから、それ以上踏みこんで聞くことはしなかった。

それからは仕事の愚痴や、最近見た映画の話をして楽しく過ごしていたけれど、食後のコーヒーが出てくるころ、急に優斗君がまっすぐこちらを見据えてきた。真剣な眼差しに、心臓が大きな音を立てる。

「緑さん……俺の勝手な事情で婚約を取りやめたこと、本当にひどいことをしたと思う。謝って済むことじゃないけど……ごめん」

「え……」

優斗君が突然、頭を下げた。私は驚いてしまい、なかなか言葉が出てこない。

優斗君が、今までにないほど本気で謝罪しているのがわかるから、逆に困ってしまう。

「……あの、そのことならもう大丈夫だから。私の中ではすでに過去のことになっているし、今さら文句を言うつもりなんかないもの」

そう言うと、優斗君は気まずそうな顔をしながら頷いた。

「そうか……でも一度ちゃんと謝りたかったんだ」

「本当にもう私は大丈夫だから……ありがとう。優斗君の言葉嬉しかった」

優斗君は今、誠実に私に向き合ってくれている。それが友達という形だとしても、嘘じゃなく本当の心で。

優斗君とやっとこうして仲よくなれて本当に嬉しい。もっと近付きたいって欲もあるけれど、しばらくはこのままの関係でいようと思う。

焦らないで少しずつ変わっていけたらいい。

食事の後、軽く飲んで、それから優斗君にタクシー乗り場近くまで送ってもらった。

「優斗君も乗っていかない？」

今日は荷物が多いし大変だろうと思って聞いたけれど、優斗君は首を振った。

「遠回りになるだろ？　俺はまだ電車があるからいいよ」

「そう……」

友達になっても、優斗君はこういうところを遠慮する。私としては一緒に帰りたかったけど仕方ない。

「また連絡するね」

そう言ってタクシーに向かおうとすると、優斗君に呼び止められた。

振り返ると、思いのほか至近距離に優斗君がいて、思わずドキリとする。

「ど、どうしたの？」

優斗君が私を引き止めるなんて珍しい。意外に思っていると、優斗君は沢山持っていた手提げの中からひとつを私に差し出してきた。

「少し早いけど、これは緑さんに」

「え……」

まさかホワイトデーのお返し？

自分の分があるなんて、思ってなかった。

「いいの？」

感激して優斗君を見つめると、「もちろん。緑さんもくれただろ？」とあっさり返された。雰囲気的に義理だとわかるけど、それでも嬉しい。

「ありがとう。一生大事にする！」

「……焼き菓子なんだけど」

「え？　ああ、うん。でも大事にする」

「そう……喜んでもらえてよかったよ」

優斗君は微妙な笑顔を浮かべながら言った。

「じゃあ、またね。ありがとう」

手を振りながらタクシーに乗りこむと、優斗君も珍しく手を振ってくれた。タクシーが走り出すと、私は浮かれた気持ちのまま手提げの中を見た。会社の子へのプレゼントと同じ店のものだった。だけど……私にくれたものはひと回り大きくて、他のみんなとは違っていた。

さりげなく特別扱いされている事実に、さらに喜びが湧き上がる。もう今すぐに大声で歌でも歌いたい気分だった。


家に帰ると、玄関まで兄が迎えにきた。

「ただいま」

靴を脱ぎながら言うと、兄が不機嫌そうに言った。

「遅かったな。どこに行ってたんだ？」

「食事だけど。なにか用だった？」

煩《わずら》わしさを感じながら答えると、兄はリビングに来るように合図してきた。早く部屋に行って、優斗君からのプレゼントをよく見たかったのに。

しぶしぶリビングに付いていくと、兄は信じられない言葉を口にした。

「緑、今週末、見合いの席を設けたからそのつもりでいてくれ」

「は!?　お見合いって、どういうこと!?」

「かなりいい話だから、急だが受けることにした。お前も気に入るはずだ、相手――」

「行かないから断っておいて」

最後まで聞くこともなく部屋を出ようとすると、兄は慌てた様子で追ってきた。

「お前、見合いしてもいいと言っただろ？」

「言ってないけど」

「言った！　だから二ノ宮優斗とも会わせただろ？」

あなたは時間が止まってるんですか?と問いたい。

「そんな昔の話されても困る。もう気が変わったわよ」

今の私は優斗君ひと筋なんだから。

私の態度に兄は怒りを見せながら、見合いをするようにとそれはしつこく説得してきた。

「二ノ宮優斗のような男ばかりじゃない。もう過去は忘れろ」

全然過去なんかじゃないし、忘れるわけがない。兄の話を無視していると、最後は泣き落としにかかってきた。

「頼む。会うだけでいい、今さらキャンセルはできないんだ」

「嫌です」

「相手に会う前に断ることは絶対に無理だ。立場上、こちらからは断れない」

頭を下げる兄の様子に、私は溜息をついた。

この様子じゃ、相手は取引先の関係とか、兄より立場が上の人間だろう。兄もお見合いを押し付けられたのかもしれない。

「……会っても断るけど」

妥協して言うと、兄はあからさまにホッとした顔をした。

「それでいい。気に入ったら話を進めてもいいし」

「それはありえないから」

まあ会うくらいは仕方ない。兄の立場も少しは考えなくては。相手から断ってもらうのがベストだから、妻としては不向きと思われる方向に、うまく仕向ければいい。

簡単だ。

「話が終わったなら、部屋に戻るから」

「ああ、週末は空けておくんだぞ」

兄の言葉を聞き流し部屋に戻ると、すぐに手提げ袋から箱を取り出した。自分で選んだだけあって、ここのお店のスイーツは大好きだった。箱を開けると中にはフィナンシェやサブレが詰め合わせてある。

すごくおいしそう……。でも、せっかくの優斗君のプレゼントだもの、一気に食べるのは勿体ない。

私はチョコレート味のサブレを一枚だけ食べ、残りは大切に引き出しにしまった。

[優斗Side 1]

緑の乗ったタクシーを見送ると、優斗は駅に向かって歩き始めた。母親のこともあり、普段は気持ちが重くなることが多いけれど、明るい緑と話していたら気が紛れた。お返しを渡した時の緑を思い出すと、自然と顔がほころぶ。あんなに喜ぶとは思わなかった。

一生大事にするとか、やけに大袈裟なことを言っていたけれど、気に入ってもらえるとやはり嬉しい。

大食いの緑に合わせて、女子社員より量の多い物を選んで正解だったと思った。駅に着き、改札を通り過ぎたタイミングでメールを受信した。確認すると緑からで、食事のお礼の言葉が書かれていた。機嫌のよさそうな文面に優斗も微笑んで簡単な返事を書く。

最近、優斗は不思議と緑からのメールを疎ましく感じることはなくなっていた。むしろ、楽しみにしているところもある。

毎日来るのが当たり前になっていて、来ないとなにかあったのかと気にもなる。心境の変化が、自分自身、意外だった。以前は緑のメールを見ると溜息が漏れたのに。

毎日メールされるのが煩わしくて、内心ストーカーみたいだと思っていた。出会ってからまだ一年も経ってないのに、緑の印象は二転三転していた。

初めは、ワガママで高飛車なお嬢様。次は、自己中心的でしつこく気が強い女。そして今では……反応のおもしろい、一緒にいて楽しい相手。

今の関係はとても居心地がいい。緑は友人としては気が合っている。最近では以前のように付き合おうとか、好きだとか強引に気持ちを押し付けてこない。ずいぶん時間が経っているし、緑の気持ちも変化したようだ。

優斗は、このままいい友人でいたいと思っていた。


ホワイトデーのお返しは、女子社員たちにも好評で、彼女たちの喜ぶ姿を見ながら、緑に相談してよかったと思った。ちょうど、その日の夜にあった部内の歓迎会では、お返しの効果なのか、いつになく女子社員が優斗の周囲に集まり、盛んに話しかけてくる。

「二ノ宮部長は、独身ですよね？」

いきなりのプライベートな質問に、優斗は戸惑いながら発言をした女性を見た。

部署の女性で一番年上……たしか四十歳近い女性社員はすでに酔っ払っているのか赤い顔をして優斗を見ていた。

「……独身ですが」

役職は自分のほうが上だけれど、年齢は下だしベテランで仕事もできる彼女の機嫌を損ねると仕事がやりづらくなる。

内心煩わしく思いながらも、聞かれたことに正直に答えると女性社員たちはさらにつっこんだ質問をしてきた。

「じゃあ、フィアンセはいますかー？」

「……いませんよ」

「じゃあ、彼女はー⁉」

キャアキャア騒ぎながら続く質問にウンザリしながら、優斗はその場をやり過ごした。しばらくすると、飽きたのか女性社員たちは違う席に移動した。

ホッとしながら、グラスに手を伸ばすと、

「部長、どうぞ」

細い声とともにビール瓶が遠慮がちに差し出されてきた。

目を向けると、そこにはひとりだけこの場に残った女子社員がいて、少し緊張した様子で優斗を見つめていた。

「あ、ありがとう」

グラスにビールを注いでもらいながら、優斗は女子社員を観察した。

仕事中、直接関わることは少ないけれど、部内の庶務的な業務をしている派遣社員の女性だとは知っていた。

年齢は優斗と大して変わらないように見えた。

「部長、最近元気がないですね。体調がよくないんですか?」

「いや……ええと、吉沢《よしざわ》さんだっけ?」

なんとか名前を思い出しながら言うと、

「はい。吉沢留美《るみ》です」

留美は、ニコリと笑いながら、優斗の隣の席に移ってきた。留美は小柄で華奢で、全てのパーツが小さく儚い印象の女性だった。以前、誰より大切だと思い付き合っていた恋人に雰囲気がよく似ていると思った。

「部長、お返しありがとうございました。好きなお店のだったので嬉しいです」

「そう、それはよかった」

「でも、すぐには食べきれないので、ゆっくりいただきますね」

「……吉沢さんは小食なんだ」

「はい。昔からあまり食べられなくて、だから背が伸びなかったのかも」

留美は困ったように眉を下げた。

「女の子は小さくてもいいいんじゃないか？　気にすることないよ」

優斗がそう言うと、留美は嬉しそうに微笑んだ。

「部長はどんな女性が好みなんですか？」

「えっ？」

優斗が驚いた顔をすると、留美は慌てて頭を下げた。

「あっ、すみません。変なこと聞いて……少し飲みすぎたみたいです。それに部長は同年代だからつい……」

「……あまり飲みすぎないほうがいい、気を付けるんだよ」

「はい」

優斗の言葉に、留美は素直に頷いた。それからも留美は移動することなく隣にいて、なにかと優斗の世話を焼いてきた。

「吉沢さんもみんなの所に行っていいんだよ」

留美は立場が一番下だから、自分の相手役を押し付けられたのだと優斗は思った。

けれど、留美は首を振りながら悲しそうな表情で優斗を見る。

「ここにいたいんです。ダメですか?」

「いや……吉沢さんがいいなら構わないよ」

優斗がそう答えると、留美は小さな顔をほころばせる。

結局、歓迎会が終わるまで、留美は優斗の隣を動かなかった。


翌日は土曜日だったけれど、外せない打ち合わせと会食が入り、優斗は都内のTホテルにいた。

終わり次第、母親の病院に行き、医師と退院について話さなければいけない。気疲れする日だと思いながら、表向きは笑顔を絶やさずに接待に務める。

なんとか会食が終わり、相手を見送ると、優斗はホッと息を吐く。

「ちょっと、お茶飲んでから出ませんか? 今出たらまた顔を合わせそうだし」

ともに対応していた優斗の部下……といっても、同年代で気安い存在の宮田《みやた》が言う。

「ああ、そうだな」

ゆっくり歩きながら答えた優斗は、思いがけない光景を目にし、無意識に足を止めた。

優斗の位置からはだいぶ離れた窓際の席に座る緑の姿を見つけたのだ。兄の栖川昭《あきら》と一緒で、艶やかな着物姿だった。

立ちつくす優斗に、宮田が声をかける。

「どうかしたんですか？」

「えっ？　いや……」

「ああ、見合いしてるんですね。このホテル結構見かけますよね」

「見合い？」

「もしかして知り合いですか？」

「いや……でも向こうに行こう」

優斗はそう言うと、緑の席とは反対方向に歩き始め、ラウンジの奥の席に腰を下ろす。コーヒーを注文し、宮田と仕事の話の続きをする。だけど、なぜか緑のことが頭について離れなかった。

緑が見合いをしても不思議はない。優斗と破談になってからだいぶ時間が経っているし、そもそも正式な婚約はしていなかったのだからなんの問題もない。

それなのに、不快感が拭えなかった。あんなにおしゃべりな緑が、自分にはなにも言わなかったことが気に障った。毎日メールをしてくるくせに、そんな大事なことも言わないなんて。

「どうしたんですか？」

何事もなかったように、まだ口を付けていなかったコーヒーに手を伸ばした。

「あ、いや……なんでもない」

「さっきの着物の女性、美人でしたね」

宮田は優斗の心情など気付くわけもなく、呑気な口調で言う。

「別に……普通だろ？」

思ったより冷たい声が出てしまったけれど、宮田が気にする様子はない。

「いや美人でしたよ。でも部長は好みじゃないかもしれないですね」

「……は？」

意味がわからない優斗に、宮田はニヤリと笑いながら言った。

「派遣社員の吉沢留美。彼女、部長のことといつも見てますよね」

「え……」

「前の飲み会でもずっとふたりでいたし、部長もまんざらでもないですよね？」

興味津々といった様子で聞いてくる宮田から、優斗は目を逸らす。

「少し話してただけだ」

「え～、結構いい感じに見えたんですけどね」

「変なウワサにするなよ」

宮田に釘を刺すと、優斗は疲れた溜息をついた。今はそんなこと考えている場合じゃない。

冷静になれば、緑のことで腹を立てることもおかしい。緑が自分に報告しなかったからといって、気を悪くするのは自分勝手な考えだし緑はなにも悪くない。

「そろそろ行くか。この後、予定があるんだ」

宮田にそう言い立ち上がった。ホテルの出口に向かい歩いていると、鮮やかな赤が目に飛びこんできた。足を止めると、見合い中のはずの緑がなぜかひとりで歩いていて、優斗に気付くと顔色を変えて立ち止まった。

「あれ、さっきの……」

「ゆ、優斗君!?」

一瞬の沈黙の後、緑と宮田が同時に声を上げた。

「え……部長の知り合いだったんですか？」

動揺して落ち着かない様子の緑に目を遣りながら、宮田が聞いてくる。

「ああ……宮田、先に帰ってくれないか？」

「え？　あ……はい。失礼します」

宮田は気になって仕方ないといった様子ながら、会釈をしてホテルを出ていった。

「あ、あの、優斗君……」

宮田の姿が見えなくなった途端に、緑が寄ってくる。

「……今日は見合い？」

緑の言葉を遮ってそう聞くと、緑は一瞬で顔を強張らせた。

「あっ、あの、違うの！」

「その格好は？」

「えっ？　これは……でも違うの。精神的にはお見合いなんてしてないから」

「……よくわからないけど、別に俺に弁解しなくていいから。席に戻ったら？」

優斗はなぜか妙にイライラして、冷たい口調になってしまった。これじゃあ、緑の見合いを知って怒っているみたいだ。

小さく息を吐いて気持ちを落ち着かせると、いつもの口調で言い直そうとした。

その瞬間、緑が掴みかかってきて、優斗は呆気に取られた。

「優斗君！　弁解させて！」

「な、なに？」

「お見合いしてるけど、これは兄に言われて仕方なくなの。本当は嫌だったけど、泣き落としまでされて……。とりあえず会って断る予定だから！」

「そ、そう……」

「私には優斗君しかいないから！」

必死の形相の緑は、周囲の目に気付いていないようだった。ただでさえ目立つ着物姿なのに、大声での告白。近くに見合い相手がいたらどうするつもりなのだろう。

顔がひきつるのを感じながら、優斗は緑の手を引いて隅のほうに移動した。

「俺たち友人関係になったんじゃなかったっけ？」

人気のない柱の影で、優斗がそう言うと、緑は不服そうな顔をした。

「今は友人だけど、友人止まりで満足とは言ってないわよ」

「最近そんなこと言ってなかっただろ？」

「優斗君が大変そうに見えたから黙ってただけ。しつこくしたら悪いと思って」

内心、今さらの気遣いだと思いながら、優斗は言った。

「とにかく今後は場所を考えてくれよ。俺は注目の的にはなりたくないし、変なトラブルに巻きこまれたくない」

「……ごめんなさい」

「早く戻ったほうがいい。栖川さんが探しにくるかもしれないだろ？」

「わかった」

緑は落ちこんだ様子で、立ち去ろうとした。けれど途中で立ち止まると、優斗を振り返る。

「なに？」

「優斗君、私、優斗君が好きだからね！」

緑は優斗の返事を待たずに、早足で去っていった。

年上とは思えない、子供っぽい態度。

だけど、優斗は呆れもしなかったし、面倒とも思わなかった。それどころか、自然と頬が緩んでいる自分がいる。さっきまでよりなぜか軽い気持ちになりながら、母の入院している病院に向かった。

見合い

「遅かったな。逃げたのかと思って焦ったぞ」

席に戻った途端に投げかけられた兄の言葉を無視して、私はドカッと乱暴に椅子に座った。

こんなお見合い話を持ってきた兄が本当に恨めしい。よりによってこんな時に優斗君と遭遇してしまうなんて。早く終わらせて帰りたい。

「おい、もっとにこやかにしろ。感じ悪いと思われるぞ」

結構なことだ。

「緑も会えば気に入る。相手は誠実な人柄で仕事もできるし、年が少し上だが、まあ許容範囲だ。以前のように年下よりはいいだろ？」

ちっともよくない。不満だらけのまま座っていると、ついに見合い相手がやってきた。気持ちを切り替え、とりあえずは笑顔で迎えようとした私は、見合い相手の姿を見て、内心、悲鳴を上げた。

推定体重、三桁。夏でもないのに汗だらけで、ふうふうと荒い呼吸をしている。

頭には兄の言っていた言葉がよみがえる。

『相手は誠実な人柄で仕事もできる』

たしかに人は見かけじゃないかもしれないけど……でも、正直言ってこれはキツイ。見ているとこっちまで暑く、息苦しくなりそうだった。

かといって、そんな失礼なことを思っていると悟られるわけにはいかないから、私は必死に作り笑いを浮かべて会話をこなした。

「緑さんの趣味はなんですか?」

心の中で、兄をめちゃくちゃに罵倒しながら、見合い相手である袋小路《ふくろこうじ》さんの質問に笑顔で答える。

「音楽鑑賞です」

「そうなんですか、僕は食べ歩きなんですよ。おいしい店を自分の足で探すのは楽しいですよ」

納得の趣味だ。もちろん、そんなことは言わずに曖昧に微笑む。

「緑さんは料理はするんですか?」

「いえ、苦手なんです。料理はほとんどしたことがありません」

期待するような目をした袋小路さんにはっきりと告げると、あからさまに失望した様子にホッとする。

その後も会話は弾まないまま、見合いはなんとか終了した。

「なかなか楽しそうに話していたな」

白々しい兄の言葉に、私は恨みのこもった目を向けながら言った。

「よくも騙してくれたわね」

「だ、騙すってなにをだ？」

「わざと隠してたでしょ？　見合い相手の体型のこと！　〝誠実〟とか語る前に言うべきでしょ？」

「い、いや……結婚にそこまで外見は関係ないだろ？」

よく考えてみれば最初からおかしな話だった。相手の写真すらなかったんだから。間に合わなかったんじゃなく、あえて用意しなかったに違いない。

「とにかくすぐに断っておいて。まあ、相手から断ってくる気もするけど念のため」

「……そうか。お前がそこまで言うなら仕方ない……ふたりとも大食いだし、一緒に食べ歩きなんかいいかと思ったんだけどな」

私は馬鹿なことをブツブツと言う兄を無視して、タクシー乗り場に向かった。

家に帰って、優斗君に今日の失態のフォローのメールをしたかった。

袋小路さんのことは早く忘れてしまおう。そう思っていたのに、翌日早々、袋小路さんから付き合いを進めたいとの連絡が入った。

「本当に気が変わることはないのか？」

「ない」

兄の問いかけに、私は瞬時に答えた。それもかなり不機嫌な冷たい声で。あれほどちゃんと断るように言っていたのに、兄は先方へ返事をしていなかった。

「いつからそんないい加減になったの？」

「断るつもりだったが、先に相手から結婚を前提に付き合いたいと連絡が入ったんだ。立場的に断りづらくなった、わかるだろ？」

わかるけど、許せない。

「とりあえず、もう一度会ってくれないか？　一度ふたりで出かけてみれば意外に気が合うかもしれないだろ？」

「気が合うとかそれ以前の問題なんだけど」

「なにが不満なんだ？」

わざとらしく首をかしげる兄に、私は忍耐の限界を感じながら叫んだ。

「じゃあ、はっきり言うわよ。私、太ってる人は無理！」

私は優斗君みたいにスラリとした人がタイプなの！

「お、お前……人間は外見じゃないぞ？」

「そんなのわかってるけど、好みってもんがあるでしょ？　とにかく袋小路さんは絶対にありえない。だいたい最初から断るって約束だったはず」

「そうだが……」

歯切れの悪い兄に、私は勢いのまま以前からの疑問を投げかけた。

「ねえ、どうして私のお見合い話を進めたいの？　二十七で独身なんていくらでもいるでしょ？　というか私の周りだと独身がほとんどだけど……もしかしてなにか企みがあるんじゃないの？」

私がそう言うと、兄はあからさまに動揺を見せた。適当に言ってみたけど当たっていた……。私は呆れながら兄を睨んだ。

「理由を言って。なんで私を結婚させたいの？」

「そ、それは……」

兄はかなり渋った様子を見せながら、それでも観念して言った。

「……俺は結婚しようと思っている。だから先に緑の縁談を決めたかったんだ」

「……は？」

あまりに思いがけない言葉だったから、私はポカンと口を開いた。

結婚って……。

「すればいいじゃない。なんでそれに私の結婚が関係するわけ?」

「お前が独身なのに、俺が先に結婚するわけにはいかないだろ?」

まったく問題ないと思う。

「私も周りも気にしないから、どうぞ結婚してください」

「……だが、結婚したら同居になるだろ? お前もなにかと気を遣うことになるし、相手も……」

言葉を濁した兄を見てピンときた。つまりは小姑が同居している状態を回避したいから私を嫁に出したかったということだ。

「だったら私はひとり暮らしするから、それで問題ないでしょ? なんで余計なことしてわざわざ面倒な状況にするの?」

「俺の結婚で、お前を追い出すようなことはしたくない」

「別に私は気にしないけど。ひとり暮らしの経験も必要だと思うし」

「お、お前、もうちょっと悩んだりとかないのか?」

「袋小路さんのことは悩んでるけど、まあとにかく断ってよ……それより相手はどんな人なの？」

兄の恋愛なんてまったく関心はなかったけど、結婚となれば相手は気になる。兄はなぜか、かなり気まずそうな顔をした。

「……相手は茜だ」

「……えっ⁉」

思いがけない名前に、私は目を見開いた。

ま、まさか茜さんが兄嫁になるとは……。考えたこともなかった。

「いつから付き合ってたの？」

「……十年前だ。従兄妹同士だから、なかなか結婚って話にはならなかったが、先日プロポーズした」

「じ、十年？」

「ああ、茜からは何度か結婚について言われたが、なかなか決心がつかずに待たせてしまった」

いくらなんでも待たせすぎだと思う。それより、自分はさんざん時間をかけておいて、私にはスピード結婚をけしかけるなんて、なんという自己中だろう。

「話はわかったから、私のことは気にせずに結婚して。袋小路さんのことはなんとかしてね」

そう言い残して部屋を出た。自分の部屋に戻ると私はベッドに寝転がる。

兄と話していたら疲れてしまった、いろいろ驚くことが多かったし。それにしても十年も付き合っていたとは。茜さんはどんな気持ちで煮えきらない兄を待っていたのだろう。

私は優斗君をそんなに待てるのだろうか。十年後……三十七才。まるで想像がつかないけど、でも、そのころも優斗君と一緒にいられたら嬉しいのに。

できれば、恋人同士になって結婚して……。

そんな幸せな妄想をしているうちに、いつの間にか眠りに落ちていた。

「マンションを借りる?」

翌日、さっそく家を出ることを鈴香に報告した。

「そう。諸事情で家を追い出されるから」

「……その割に楽しそうじゃない」

「まあ、前からひとり暮らしはしたかったからね」

「ふーん。それでどこに借りるわけ?　事務所の近く?」

鈴香は私が見ていたパソコンの画面を覗きこみながら言った。

「……事務所からも実家からも離れてるわね。なんでこの駅？」

「別に……よさそうな街だと思って」

さりげなくそう言ったけれど、鈴香に呆れた声で言われてしまった。

「二ノ宮優斗の家が近くにあるんでしょ？」

す、鋭い。

「いくらなんでも、ストーカーと思われない？」

「そうね……やっぱり同じ駅はやめておく」

鈴香の言うとおり、引かれてしまったらつらい。事務所と優斗君の家の中間辺りで探すことにしよう。

再び物件を検索し始めた私を見て、鈴香が苦笑いを浮かべながら言った。

「本当に諦めないんだね。ちょっと意外だった」

「そう？」

「緑がひとりの男にここまで執着するなんて。かなりひどくふられてるのに堪えないし……プライドだけは高かったのにね」

「なに、プライドだけはって」

「高かったじゃない。ちょっとでも蔑ろにされたらすぐに別れてたし、今の状態が信じられないわ」

たしかに、過去の私なら優斗君の態度は我慢ならなかったと思う。

「優斗君は特別だから」

なにが特別だか自分でもよくわからないけど、こんなふうに好きになれる相手にこの先また出会えるかわからない。報われなくても、自分から見切りをつけて諦めたくなかった。

彼の家

「優斗君、私、家を出たの」

久しぶりに会った優斗君にそう告げると、優斗君は驚き、食事の手を止めた。

「どうして？」

「兄が結婚することになったの。小姑がいたら奥さんが気を遣うでしょ？　私もひとり暮らしに興味があったからちょうどよかったわ」

「そう……引っ越しはもう済んだの？」

「ええ、新しいマンションはね、優斗君の家と方向が一緒なの。駅は四つ離れてるんだけどね」

これからは食事の後、一緒に帰ることができる。同じ沿線っていうのはかなり重要だった。優斗君は私の思惑に気付くことはなく、心配そうな顔をして言った。

「ひとり暮らしは大変じゃないか？」

「全然。家事は得意だしなにも困らないわ」

さりげなく、家庭的でいい奥さんになれると、アピールしてるんだけど伝わっているだろうか。

「緑さんはすごいな。仕事も順調で自立していて……ひとりで生きていける強さがある」

「そんなことないわ。私、これでも寂しがり屋で――」

伝わっていない。ひとりでなんて生きていきたくない。

「俺は生まれ育った家を出る時、不安だったよ。緑さんみたいに笑えなかった、母さんはもっと苦しんでいたけど……」

優斗君は、寂しそうな顔をして言った。

「優斗君……お母さんの具合はどう？　そろそろ退院なんでしょう？」

「ああ、先日医師と話してきた。来週には退院する」

「そう……それじゃあ家事はお母さんがする予定なの？」

「いや、まだそこまでは……週に一回、家事のサービスを頼もうと思ってる」

週に一度じゃ、不充分じゃないのだろうか。

優斗君だって忙しいんだから、お母さんのことばかり構っていられないだろうし。

心配になる。

「緑さんとも、今みたいには会えなくなるな」

「え……」

「母さんが落ち着くまで、できるだけ家を空けたくないから」

そ、それはそうだけど。たしかに病気のお母さんを放置できないかもしれないけど。

優斗君に会えないなんて……。

優斗君は私の沈んだ心に気付くことはないようだった。

「母さんが戻る前に掃除もしないとな」

面倒そうに、そうつぶやく。

「優斗君、私、掃除手伝うわ！」

思わず身を乗り出してそう言った。

「は？」

優斗君が家から出られないなら、私から行けばいい。

「ひとりじゃ大変でしょ？　手伝うわ」

拒絶されなければいいけれど、

「ありがとう。でも大丈夫だから」

言い方は優しいけれど、あっさり断られてしまった。

落胆したけれど、しつこくはできない。しばらく優斗君とは会えないのかと、がっかりしていると優斗君がボソリと言った。

「……やっぱり来てもらおうかな」

「えっ、いいの⁉」

その言葉を聞き逃すまいと、とっさに身を乗り出して確認すると、優斗君はうしろに身を引きながら頷いた。

「緑さんがよかったら。考えてみれば土曜日は出勤だから日曜日しか時間がないんだ」

「じゃあ、日曜日に行くわ！」

土曜日が仕事でよかった。日曜日……優斗君の家で一緒に掃除をして。共同作業で、ふたりの距離がグッと近付くかもしれない。

想像すると、楽しみで仕方なかった。


日曜日は、かなり張りきって準備を整えた。

時間に充分な余裕を持って、マンションの部屋を出て地下の駐車場に向かう。電車で行こうと思っていたけど、思いのほか荷物が多くなったので、駅まで車で向かうことにした。

後部座席に、掃除に必要な道具と大きめの花かごをふたつ慎重に置く。それから助手席にバッグを置くと、忘れ物がないかもう一度だけ確認してから出発した。

引っ越し後の優斗君の家に行くのは、初めてだった。

もう、それだけで気分は明るくなる。今日お母さんが帰ってきた時、喜んでもらえるように部屋を綺麗にしたら、優斗君も私のことを見直してくれるかもしれない。

ついでに女性として意識してくれたら最高だけど、まあ今までのパターンからそれは難しいとわかってる。あまり高望みしても仕方ないから、今日は優斗君とふたりで仲よく掃除。そして、意外と家事が得意なんだなと感心してもらうこと。このふたつを目標にすることにした。


優斗君の家の最寄り駅に着いたのは、約束の十分前だった。結構道が混んでいて焦ったけど間に合ってよかった。ホッとしながら、目についたパーキングの入口に車を滑らせる。今日はきちんとした女性らしさをアピールしたいから、遅刻なんて許されない。

運よくスムーズに車を停められて、気分よく荷物を取り出していると、背後から声をかけられた。

「緑さん」

すぐに優斗君の声だと気付き、私は勢いよく振り返った。

「優斗君、どうしたの？　待ち合わせは駅よね？」

「ここ通り道なんだ。目についた車から緑さんが降りてきたから驚いた。電車だと思ってたからね」

「荷物が多かったから」

笑顔になりながら答える。最近の優斗君は、待ち合わせ時間より早めに来てくれる。今日も、ちゃんと来てくれた。幸せを感じていると、優斗君が荷物を降ろすのを手伝ってくれながら言った。

「駐車するところ見てたけど、緑さんって運転上手いな」

「え……そう？　あまり意識したことなかったけど」

「多分俺より上手いよ、女性は運転とか苦手なイメージがあったけど……本当に緑さんは逞しいな、感心したよ」

た、逞しい？

感心してもらいたいって目標は早くも達成したけれど、予定とだいぶ違う方向にいってしまった気がする。

複雑な気持ちになりながらも、優斗君の家に向かった。

優斗君の家は、普通の一戸建てだった。オフホワイトの壁に、ダークブラウンの屋根。小さな庭もある。庭も玄関まわりも今は寂しいけど、グリーンを上手く置いたらお洒落な雰囲気になりそうだと思った。閑静な住宅街で、周囲の住宅と比べても少しも見劣りしない。優斗君とお母さんが悲観するような要素はまったくないように思える。

「素敵な家ね」

そう言うと優斗君は苦笑した。

「まだ、なんだか慣れないけどね」

家にはなんの問題もなさそうなのに。早々に新居のマンションに馴染んでいる私には今イチその心境が理解できない。

毎日暮らす家に馴染めないなんて寂しすぎる。少しでも優斗君が住みやすくなるように、綺麗に掃除しようと思った。

玄関に入ると、そこには作り付けのシューズボックスがあるだけで、他にはなにもなかった。

「お邪魔します」

廊下を通り、リビングへ向かう。それなりの広さのリビングは、なんというか……

物が少ないのに散らかっているといった感じの微妙な状態だった。窓は引っ越してから磨いてないのか曇っていて、部屋全体がくすんだ印象だった。

「汚れてるだろ？」

優斗君は気まずそうな顔をして笑う。

「え？　そ、そんなことないよ、大丈夫」

なにが大丈夫なのか、なんだかよくわからない返事をしながら、私は部屋をもう一度グルリと見回した。きっと続きのキッチンも汚れたままだろうから、時間がかかるかもしれないと思った。

でも……その分、優斗君と長く一緒にいられる。

ニヤニヤしそうになるのを堪え、持ってきた荷物から掃除道具を取り出した。

「え……わざわざ持ってきてくれたんだ？」

優斗君は少し驚いたようだった。

「足りないものがあって買いにいくことになったら時間のムダかと思って」

「準備がいいな」

優斗君は感心した様子で言う。かなりいい感じの雰囲気になってるんじゃない？

「早く、掃除しちゃいましょう」

上機嫌で言うと、優斗君は頷きながら言った。

「じゃあ悪いけど緑さんは一階を頼むよ。俺は二階をやるから」

「え、え？」

動揺する私に気付かずに、優斗君はスタスタと階段に向かっていってしまった。

べ、別行動なの……!? 予想外の展開に、私は呆然と優斗君の出ていった扉を見つめる。仲よくふたりで掃除のはずが……。

しんとした部屋にひとりポツンと取り残されて、寂しくなる。

……ううん、ここで挫けてる場合じゃない。こうなったら完璧な仕事で、優斗君を驚かせよう。

家事代行サービスより腕がいいって思われたらまた呼んでもらえるかもしれないし。私は、髪をひとつにまとめると、気合いを入れて掃除を始めた。

数時間かけて、なんとか部屋は整った。

明るく整頓された部屋に、持ってきた花を飾って満足していると優斗君が二階から下りてきた。

「え……」

優斗君は驚いたように、部屋を見回す。

「ずいぶん、雰囲気が変わったな」

「明るくなったでしょ?」

表情から優斗君が気に入ってくれたことがわかって、嬉しくなる。

「ああ見違えた。ありがとう、大変だったろ?」

大変だったけど、こんなふうに優しい顔でありがとうなんて言われたら疲れも吹き飛ぶ。

「大丈夫。二階は終わった?」

「だいたいは。こんなに綺麗じゃないけどね。緑さん、座って。お茶を淹れるよ」

優斗君は私を椅子に促しながら言う。

「あっ、私がやるわ」

「いいよ、ゆっくりして。たくさん働いてくれたんだから」

……優しすぎる。

感激しながら、言われたとおり椅子に腰掛けた。すると、テーブルの上に置かれた箱に気が付いた。優斗君が二階から持ってきたみたい。蓋がないから中身が丸見えだった。中にはたくさんの写真が入れてあり、一番上にあった写真に目が留まる。

美しい桜景色。その中央に、幸せそうに微笑む女の人と小さな女の子が映っている。私と同年代のとても美しい女性。この人は誰なんだろう。優斗君とどんな関係なんだろうか。

しばらくすると優斗君が温かいほうじ茶を持ってきて、テーブルに置いてくれた。

「ありがとう」

優斗君がほうじ茶を好むとは意外だった。いつも家で飲んでいるのかと気になったけど、今はそれより写真について確認したい。

「優斗君、この写真の女性は優斗君の知り合い？」

箱の中の写真に目を遣りながら言った。

優斗君は写真に目を向けると、ああ、と頷いた。

「里桜だよ」

え……里桜さん？　驚きながら、もう一度写真を見る。

……やっぱりどう見ても、別人だった。

「あの……里桜さんじゃない気がするんだけど」

間違いないと思うけど、優斗君があまりにはっきりと言いきったのでなんだか自信がなくなってしまう。遠慮がちに言うと、優斗君は私の言いたいことを理解してくれたようで、ちゃんと説明してくれた。

「里桜は子供のほうだよ。隣の女性は里桜の母親」

「里桜さんのお母さん？」

意外な言葉に感じながら、私はもう一度写真を見た。女性と優斗君の関係がはっきりしたので、今度は安心して写真を見る。よく見ると、たしかに女の子には里桜さんの面影があった。大きな目に白い肌の、人形みたいな女の子。お母さんのほうは、本当にめったに見ない美人だった。

……この人がライバルじゃなくて、本当によかった。

そんなことを考えながら、優斗君に言った。

「里桜さんとお母さんはタイプが違うのね。里桜さんはお父さん似なの？」

「……そうだね」

一瞬、複雑そうな顔をした優斗君に気付き、私はハッとする。そういえば、二ノ宮家の家庭環境は複雑だった。

「優斗君、ほうじ茶好きなの？」

雰囲気と話題を変えようとして明るく言うと、優斗君は不思議そうな顔になった。

やっぱり、突然すぎたようだった。

かと言って、言ってしまったものは仕方ないので、話を続ける。

「私、おいしいほうじ茶知ってるの。よかったら今度持ってくるわ」

「……ありがとう、ほうじ茶は俺も母さんも好きで昔からよく飲んでたんだ」

「そう、私も時々飲みたくなるわ」

さりげなく、好みが合うこともアピールしておく。優斗君は残念ながらそれについては反応しなかった。

「父さんも好きだったから、昔は三人で飲んだ……その時は家族団欒《だんらん》って感じで幸せだったな」

昔を思い出しているのか、そう言う優斗君はどこか寂しそう。

優斗君の言葉に、私は答えられずに黙りこんだ。幸せな家族の思い出話のはずなのに、優斗君の表情は暗いし、どこか悲しそうに見えたから。それに……私生児だったという優斗君の生い立ちを思うと、余計なことは聞いてはいけない気がして、私からは踏みこめない。

そんな気持ちでいる私に、優斗君はなぜかお母さんのことを話し始めた。

「母が俺の父、二ノ宮泰利《やすとし》の愛人だったことはもう知っているだろ？」

「……ええ」

「昔はなにかと母につらく当たる里桜の母親を恨んでいたんだよ。けど最近になっていろいろな真実を知って、それも仕方ないことだと知ったんだ。母が悪かったんだよ。でも母はそれを認めないし、いつまでも被害者意識を持って自分の殻に閉じこもっている。俺は初めて母に嫌悪感を持ったよ……本当はこの家でまた一緒に暮らすと思うと気が重い」

私は心底驚いて優斗君を見つめる。こんなふうに、私に本音を語ってくれるのは初めてのことだった。

なにか答えないと。優斗君を元気にできる、なにか気の利いたことを……でもなにも出てこなくて、自分自身を殴り飛ばしたくなった。

頭の中で、大急ぎで以前、兄に聞いた話を思い出す。

優斗君のお母さんは、優斗君の父親と幼なじみで恋人同士だった。その後、政略結婚で本妻となった里桜さんのお母さんが二ノ宮家にやってきても、同じ敷地に住み続け、優斗君を産んだ。そのことから長い間、本妻に責められ、つらい生活を送っていたという。

状況を考えると、たしかに責められても仕方ないと思う。私が里桜さんのお母さんの立場でも、きっと攻撃して目の前から追い払う気がする。でも……もし自分が優斗君のお母さんの立場だったら？　誰よりも好きで長い間付き合っていた相手が、他の女性と結婚してしまったら。

そして結婚した後も別れられなくて、妊娠までしてしまったら……きっと簡単に身を引くことなんてできない。

そう考えると、優斗君のお母さんの気持ちも少しはわかるような気がした。そもそも、一番悪いのは優斗君のお父さんだ。お母さんだけが全て悪いわけじゃない。

「あの……もしお母さんに悪い点があったとしても、だからって優斗君まで責めたり嫌ったりしたらお母さんが気の毒だと思う。自分を見つめ直して、閉じこもっている殻を破ってほしいなら、責めることは逆効果じゃない？　人って優しくされた時こそ、他人の気持ちを考えられるようになる気がする……少なくとも優斗君までが責めたら、ますますお母さんは心を開けなくなりそうだけど……」

慎重に言葉を選びながら長々と語っていた私は、優斗君の視線に気付き、ハッと我に返って口を閉じた。

いろいろ考えていたら、つい熱く語ってしまっていた。しかも、優斗君の考えを否定するようなことまで……。

「ご、ごめんなさい……余計なこと言いすぎたわ、部外者なのに」

口は災いの元だ。今度はもっと気を付けないと。

そんなことを考えながら顔を上げると、意外なことに優斗君はフワリと微笑んだ。

私に向けられる眼差しがいつになくすごく優しくて……。

なぜ、今そんなに素敵な表情を？　首をかしげる私を見つめて優斗君は言った。

「ありがとう。思いがけない意見を聞いて気が楽になった」

思いがけない意見……やっぱり的外れだったんだ。

自分にがっかりしながらも、それでも優斗君の機嫌はよくなったから、まあ、よしとすることにした。

のんびりと、お茶の残りを啜《すす》っていると、優斗君が不意に言った。

「そういえば、この前の見合いはどうなった？」

ま、まさか、突然袋小路さんの話題になるとは。私自身、すっかり記憶から消していたというのに。

「あ、あの……あれ以来会ってないわ。すぐに断ったから」

「そうか……緑さんも大変だな。いろいろしがらみも多いだろうし」

しがらみってほどでは……泣き落としに屈しただけだし。

「兄は自分が結婚するから、私を早く結婚させたかっただけなのよ。うちの兄は少し頭が固いから」

「……会ってみて気に入らなかったのか？」

優斗君は珍しく、しつこく聞いてくる。私のお見合い相手をこんなに気にするだなんて……もしかしたら、ついに私の存在を意識し始めたってこと？

勝手に想像して顔がニヤけてしまいそうになった。

いや、ダメだ。今まで調子に乗って失敗もしてるし、ここは慎重にいかないと。

「初めから断るつもりだったから……それに私、デブは……」

「えっ？」

「いえ、付き合う気もなかったから、あまり会話も弾まなかったの。気に入る入らない以前の問題よ。デートもしてないんだから」

それに私には優斗君がいるんだし、他の男なんて目に入らないに決まってる。

そう続けたかったけれど、引かれたら嫌なのでやめておく。

「兄とはちゃんと話し合ったから、もうお見合いを強要されたりはしないわ」

「そうか……」

優斗君は、それきり黙ってしまい、見合いの件には触れなかった。

理想としては、『もう浮気するなよ』くらい言って欲しかったけど、当然そんなセリフが出てくるわけもなく、あっさりと話題は変わっていった。

それでも他愛ない会話も、優斗君が相手だと楽しいし幸せを感じる。ふと、優斗君が時計を見ながら言った。

「なにか食べに行かないか？　お礼にご馳走するよ」

「えっ？　いいの？」

感激して私が言うと、優斗君は大袈裟だなと笑う。

「緑さんが好きそうな店を知ってるんだ」

「えっ？　どんな店？」

ロマンチックな店だといい。デート気分が盛り上がるような……。

「とにかく、量が多いんだ。絶対緑さんも満足すると思う」

優斗君は真剣な顔をして言い、私は微妙な気持ちで微笑んだ。


「最近、デートしてないの？」

外出から戻り事務作業をしていると、鈴香が近付いてきて言った。

「……優斗君のお母さん、退院したの。しばらくは優斗君も外出を控えるって言ってたから、誘ったら悪いと思って」

優斗君と連絡しないまま、今日で丸二週間が経ってしまっていた。

「ふーん」

「……なによ?」

「緑もそんな気遣いができるようになったんだなと思って。以前なら構わず突撃してたんじゃない?　どうしても会いたいとか言って」

たしかに優斗君には会いたい……最近電話もしてないから仕事にも身が入らないし元気も出ないけど。

「お母さんの問題はデリケートなのよ。優斗君もかなり悩んでるみたいだったし、せめて私は負担にならないようにしないと」

なんて、そうは言ってもさすがにいろいろと心配になる。このまま存在すら忘れられてしまったら、とか、優斗君に好きな子ができてしまったらとか……。

「緑、ちょっと早いけどランチに行かない?」

いつの間にかお昼になっていたみたい。鈴香は午後から外出するようで、身支度をして私の前に立っていた。

「ちょっと待って」

ここ最近、あまり食欲はなかったけれど、財布を取り出し用意する。

「私、新しくできた店に行きたいんだけど。少し遠いけどいい？」

「いいけど」

準備を整え、鈴香と一緒に事務所を出た。通りを歩きながらも、頭の中は優斗君のことばかり考えていた。

そろそろ連絡してみようか。さりげなく様子を窺う程度なら、きっと問題ないよね。最近は、以前より優斗君との距離が縮まった分、逆に強引なことができなくなってしまった。優斗君が悩みや状況を話してくれるようになったから、私は迷惑かけないようになんて考えてしまう。

仕事帰りに待ち伏せるなんていう大胆な真似、今となってはもうできない。でもなにもしないでおくと、こうして疎遠になってしまう。優斗君のほうから必要とされるようになりたいのに。そのためには、いったいどうすればいいのだろう。

そんなことをあれこれ考えながら、鈴香に付いて真新しい外装の店に入った。どうやらイタリアンのようで、混んでいるけれど十二時前のせいか、ぎりぎり座れそうだった。

店員に案内されて席に着く。なんとなくメニューを見ていた私は、

「すみません……」

と、聞き覚えのある忘れられない声を耳にして、勢いよく顔を上げると、辺りに視線を巡らせた。

思いっきり振り返った先、私の斜め後方に優斗君の姿があった。

なんて偶然！　興奮で体じゅうに血が駆け巡る。

「緑？」

「優斗君がいるのよ！」

「え？　そうなの？」

「そう。すごい偶然だと思わない？」

「まあ……でもこの店、開店前から話題だったからね。開店に合わせてきたんだろうから、すごい偶然ってほどじゃないと思うけど」

冷静に淡々と言う鈴香に、私は心から感謝した。鈴香がランチにこだわりのある人でよかった。ひとりだったらきっと、わざわざこんな遠くまで来ていないから。

様子を見て、大丈夫そうなら声をかけに行こうか。そんなことを考えていると、鈴香が優斗君の席の方向に目を遣りながら言った。

「ご機嫌なところ水を差すようだけど、彼の連れはちゃんと見た？」

「え？」

私も振り返り、もう一度優斗君を確認する。優斗君の正面には、若くてかわいらしい雰囲気の女性が座っていた。

だ、誰、あの子……。

優斗君にやけに馴れ馴れしく、親しげに笑いかけてる。しかもふたりきりで、まるでデートみたいな……。

ふたりの様子を睨むように見る私に、鈴香が冷静な声で言った。

「緑、気持ちはわかるけど騒ぎは起こさないでよ」

「わ、わかってるわよ」

私は優斗君たちから無理やり視線を剥がしながら言った。本当は今すぐ優斗君のテーブルに突撃したい。

〝優斗君、この子はなんなの⁉〟って問い詰めて、〝ただの部下だよ、出先のついでなんだ。ごめん心配かけて〟なんて、優しく言ってもらって、安心したい。

でも現実にそんなことしたら、きっとすごく呆れた目で、〝緑さん、少しは場所を考えてくれないか？ だいたい緑さんには関係ないだろ〟とか、溜息混じりに言われてしまいそうだ。

そして、着々と積み重ねてきたわずかな好感度が一瞬で崩れ去ってしまう。

私の立場ではなにもできない。優斗君が気が付いて声をかけてくれたらいいのに。

そう思って、強い視線を送ってみたけどまったく効果はなし。

振り向いてくれそうな気配は、微塵もなかった。

鈴香はそんな私の様子を白けた眼差しでひととおり見届けると、

「まあ、今は諦めるしかなさそうだわ。変なことして嫌われるより、気持ちが落ち着いた後でかわいらしく聞いてみなよ」

と私を諭した。それにしたってこの状況はかなりストレスだ。優斗君のデート現場に遭遇したというのに、なにもできないなんて。

……もう食べて発散するしかない！　ひたすら目の前の食事に意識を集中した。

「かなり量あるわね。昼からコースなんて頼まなければよかった……苦しい」

しばらくすると、鈴香はお腹に手を添えながら言う。

「そう？」

気のない返事をした直後、鈴香は少し驚いた顔をしてお腹から手を退けた。

まさか……。

「緑さん？」

すぐに聞こえてきた声に、私は勢いよく振り返った。

「優斗君！」

「偶然だな、こんな所で会うなんて」

優斗君はにこやかにそう言うと、鈴香に目を向けて会釈をした。鈴香も挨拶を返した直後、かわいらしい女性の声が聞こえてきた。

「部長？」

「ああ、ごめん。知人がいたから」

知人……せめて友人と言ってほしい。そう思いながら、優斗君の少しうしろに立つ女性を私は素早く観察した。

推定年齢二十三歳。推定身長百五十五センチ。推定体重四十五キロ。色白で全体に小作りなかわいいタイプの顔。肩幅も狭くて、必要以上に弱々しくて、女の子って感じの……私とはまったくタイプの違う容姿を持っている。

彼女はきっと優斗君の好みのタイプだろうと思った。以前見た、優斗君が真剣に付き合っていた彼女と雰囲気が似ている。

この子は優斗君のなんなのだろう。部長と呼びかけてたから、同じ会社の子なのかもしれないけど、ただの同僚とふたりきりで食事ってするもの？　それに、部長って呼びかける声に、仕事ってよりも、恋人に呼びかけるような女らしさを感じた。

胸の中に不安と焦りが湧き上がってくる。顔を強張らせる私にまったく気付かない優斗君は、爽やかな笑顔で彼女を紹介した。

「同僚の吉沢留美さん。仕事ではいろいろ世話をしてもらってるんだ」

いろいろって具体的になに？　世話なら私がしたい。

そんな心の叫びを隠して、私は彼女にニコリと微笑んだ。

「はじめまして、栖川緑と申します」

内心とはうらはらに、余裕の笑みを作りながら言う。

「あ……はじめまして」

吉沢留美は、私を値踏みするような目で見た後、微妙な角度に頭を下げた。

……やっぱり、この子、優斗君に好意を持ってる。私に向ける視線でわかる。絶対にただの同僚じゃない。

今すぐに優斗君の気持ちを確認したいのを、理性を総動員して耐えて、店を出ていくふたりを笑顔で見送った。

「よく我慢したね。緑も成長してるよね」

優斗君たちの姿が見えなくなった途端に、鈴香が言った。

「……あの子、優斗君のこと狙ってるわ！」

そう言うと、鈴香も同意した。

「そうみたいね。でも仕方ないんじゃない？　年の割には地位も収入も高いし、一見して家庭に問題があるふうには見えないしね」

「そりゃあ、優斗君は素敵だからモテるだろうけど……でも会社の子が相手じゃ私が不利じゃない！　向こうは毎日長時間、優斗君と一緒にいられるんだから！」

仕事中だって、いくらでもアピールできる。〝部長、お茶をどうぞ。今日は部長の好きなほうじ茶を特別に淹れました〟とか言って接近して、優斗君を癒して好感度を上げたり……。

それに比べて最近の私は、遠慮してばかりで存在感が薄くなっている気がする。

このままじゃ、優斗君は彼女と付き合ってしまう！　そんな事態だけは、絶対に避けないと！

「少し油断しすぎていたわ。引いてばかりじゃ進展しないしもう少しだけ積極的になったほうがいいわよね」

半分ひとりごとだったけれど、鈴香は律儀に返事をしてくれた。

「それより、さっきの彼女とすでに付き合っていないかを確認したほうがいいんじゃない？　もしふたりが恋人同士なら、なにをしても邪魔になって彼に嫌われて、また惨めな気持ちになると思うよ」

「……もちろん聞くわよ」

たしかに鈴香の言うとおり、吉沢留美との関係をはっきり聞くのが最優先事項だ。

今夜連絡をして、はっきり聞いてみよう。弱気になっていたら、なにも上手くいかないんだから！


「優斗君、あの……今電話、大丈夫？」

昼間は強気を誓ったのに、実際電話してみると、やけにか細い遠慮がちな声しか出せなかった。

『ああ、緑さんと電話するのは久しぶりな気がするな』

気のせいじゃなく、本当に久しぶりです。

そう言いたいのを堪えていると、優斗君のほうから都合のいい話を振ってくれた。

『と言っても、昼間会ったんだよな』

「そ、そう、本当に驚いたわ、すごい偶然よね。まさか優斗君と会えるとは思わなかったからビックリしたわ！」

『そ、そこまで驚いたんだ……』

チャンスとばかりに勢いこんで言うと、優斗君が電話の向こうで気圧されている姿が感じ取れた。気を取り直して落ち着こう。

「あの……昼間に一緒にいた子は優斗君の部下なの？」

はっきりと、優斗君にとってどんな存在なのか、聞けない自分が悲しい。返事を待つ数秒が、とても長く感じる。

優斗君はそんな私の不安に少しも気付かずに、気楽な調子で言った。

『直属じゃないけど、一応ね。彼女は庶務的な仕事をしてくれてるんだ』

「そうなの……」

ふたりきりでランチをしていたのはなぜ？　続けてそう聞きたいのに、なかなか言葉が出てこない。優斗君にはもう何度も告白してふられてるんだから、今さら怖いことやはずかしいことなんかないはずなのに、臆病になってしまう。

これは友達という微妙なポジションのせいかもしれない。以前だったら失うものはなかったけど、今はやっと手に入れた、友達という立場を失いたくない。

言葉が出てこなくて黙っていると、優斗君から声をかけてきてくれた。

『緑さん？』

「あ、あの……お母さんは元気？」

全然関係ないことを聞いてしまった。

『ああ、以前よりは落ち着いているよ』

「そう、よかったわ」

お母さんのことは気になっていたから、それはそれでホッとした。

……今日は無理に聞き出すのをやめようか。優斗君とこうやって話せるだけで幸せだし。

そんなことを考えていると、優斗君が思いがけないことを言い出した。

『今度、遊びに来ないか？』

「……えっ⁉」

『緑さんの都合が合えばだけど』

「あっ、合うわ！　私、いつでも空いてるし……明日でも……」

『え、明日はちょっと……土曜日はどう？』

どう？って、大丈夫に決まってる！

「空いてるわ！　本当にお邪魔していいの？　お母さんは大丈夫？」

『ああ、母さんも少しは人と話したほうがいいと思うんだ。緑さんなら誰とだって上手く話せるだろ？』

誰とでもってことはないけど……でも優斗君のお母さんなら、どれだけ会話が弾まなくてもがんばれる。

「私も話したいわ」

昼間の憂鬱も忘れ、晴れやかな気持ちで土曜日の約束を取り付けた。


あっという間に迎えた土曜日。本当は仕事が入っていたけど、鈴香に頼みこんで代わってもらった。その代償は高く、当分鈴香にこき使われる日々が続くだろうけど、そんなことは気にならないほど、朝からウキウキとしていた。

だけど、同時に緊張もしている。優斗君のお母さんとは以前に一度だけ顔を合わせたことがあるけれど、まったく会話は弾まなかった。

お母さんの雰囲気は独特だから、なにを言えばいいのかわからなくなって、つい無口になってしまったのだ。

今日はそんな受け身な態度を取るわけにはいかない。お母さんの気持ちを盛り上げる楽しい話題を提供して、お母さんからも、〝緑さんが、優斗のお嫁さんに来てくれたらいいのに〟なんて言われたい。

外堀から埋める作戦もあるっていうし、とにかく今日は勝負の日だった。清楚に見えるワンピースに着替え、お母さんが好きだと言っていたガーベラとオンシジュームの花かごを持つと、意気揚々とマンションを出て優斗君の家に向かった。

「優斗君、こんにちは」

「緑さん、上がって」

優斗君は優しく微笑みながら、私を迎えてくれた。

「リビングに母さんがいるから」

「ええ」

ついに対面と思うと、なんだかとても緊張してきた。優斗君のお母さんが私を受け入れてくれなかったらどうしよう。気に入られなかったら……靴を脱ぎながらそんなことを考えて、ふと思った。

これって、なんだかまるで、結婚の挨拶に来たみたいじゃない？　昔のドラマでこんなシーン見たことある。たしか、こうして歩きながら彼女が、〝お母様に気に入られなかったら、どうしよう〟なんて、隣に歩く彼に不安そうに言うんだった。

それで彼が、〝大丈夫だよ。君は僕が選んだ人なんだから〟とか答えてふたりはうっとりと見つめ合う……。

そんなことを思い出していると、

「緑さん？」

「え？」

「なに、ブツブツ言ってるんだ？」

優斗君が少し不気味そうな顔で聞いてきた。

……もしかして、ついうっかり口にしていた？　なんてはずかしい、ありえないミス。とりあえずごまかし笑いをし、それからついでだと思い言ってみた。

「お母様に気に入られなかったら、どうしよう」

優斗君がどんな反応をするか、見てみたくなった。

心細そうに優斗君を見上げてみる。すると優斗君は、首をかしげながら言った。

「……俺にも予想つかないけど。でもまあ、会ってみればわかるだろ？」

……そりゃ、そうだけど。半ば予想していたドライな答えに少しがっかりしていると、優斗君がリビングの扉を大きく開き、私を中に促した。

彼の母との対面

光の射しこむリビングのソファに、お母さんはぼんやりと腰掛けていた。リビングの扉が開いたことに気付いたはずなのに、振り向きもしない。

「母さん、緑さんが来てくれたよ」

優斗君が声をかけると、お母さんはようやくゆっくりとした動作で顔を向けてきた。焦点の合っていない目。

優斗君は〝緑さんなら誰とだって上手く話せるだろ〟って言ってくれたけど……これは厳しいかもしれない。お母さんは以前会った時より痩せていて、暗い空気をまとっている。簡単に和《なご》むとはとても思えない。

でも……ここでがんばらないと、優斗君との関係が、外堀計画が……。弱気になってる場合じゃない！

私は気合いを入れるように手を握り締めて、一歩前に進んだ。

「お久しぶりです。今日はお招きいただきまして、ありがとうございます」

笑顔を浮かべて挨拶をすると、お母さんはぼんやりとした表情のまま頷き言った。

「緑さん、綺麗な花をありがとう」

「いえ、少しでも明るい雰囲気になったらと思って……気に入っていただけて嬉しいです」

いきなりの好感触に、私は浮かれた気持ちになりながら言った。けれど、

「優斗とはもう関係なくなったのに、気を遣ってもらってすみません」

続いた他人行儀な言葉に、一気に気持ちが沈没していった。

関係なくなったって……お母さん、情報が古いです。そう言いたい気持ちでいっぱいになっていると、優斗君が会話に入ってきた。

「緑さんとは今は友人として付き合ってるんだ。この前話しただろ？」

「え、そうだった？」

とりあえず、優斗君が宣言してくれてよかった。お母さんの認識が、関係ない人から、友達にランクアップしただろうし。

それにしても、早くも会話が途切れてしまった。なんとなく気まずい空気が漂い始めている。

……なにか話さないと。

焦っていると、優斗君がソファに座るように促してくれた。座る途中、ガランとし

た飾り気のない庭が目につく。

「……日当たりのいい庭ですね。植物を植えたらよく育ちそうですよね」

花が好きなら、ガーデニングや家庭菜園に興味があるかもしれないと思ったのだけれど、お母さんはなぜか目を伏せる。

ひたすら沈黙が続く……。いつの間にか、お母さんの顔色が悪くなった気もする。

そんなに難しいこと言ってないつもりだけど……。

さっそく、間違った話題を振ってしまったのかもしれない。私のほうが青ざめたい気分だった。

と、とにかく、なんとか挽回しないと……。

必死に対策を考えていると、今さらのようにお母さんが発言した。

「ここの庭じゃ……狭いし花壇を作るなんて……」

え……まさか、今までの沈黙は、返答を考える時間だった？　これがお母さんのテンポ？　こ、これは……。

お母さんとの会話は、想像以上に手ごわそうだ。一瞬心が折れそうになったけれど、すぐに立ち直り、笑顔を浮かべて言った。

「そんなことないですよ。素敵な花壇が作れると思いますよ。それにあまり広すぎると手入れも大変だし、ちょうどいい広さだと思います」

楽しい会話は、やっぱり前向きでないと。なんでもいいほうに考えれば自然と笑顔が……そう思ったけれど、

「花は好きで、前の家では花壇を作ってたんだけど……ここの家じゃ……やっぱり前の家じゃないと」

ものすごくうしろ向きな発言が返ってきた。なんだか……お母さんは本当に暗い。

優斗君の前でもいつもこんな感じなのだろうか。もし、そうだとしたら、優斗君はかなり大変なんじゃないかと、心配になってしまう。

一緒に住んでる人がいつもうしろ向きで暗かったら、疲れてしまうもの。

今日、私を呼んでくれたのは、優斗君も少しでも環境を変えたいと思ったからかもしれない。

そうだとしたら、今日は私ががんばって少しでも二ノ宮家を明るくしなくては。

そう決意をして、乗り気じゃないお母さんに次々に話しかけた。

一向に弾まない、ほとんど一方通行の会話にさすがに疲れを感じたころ、電話の応対で席を外していた優斗君が戻ってきた。

「ごめん、会社からでなかなか切れなかった」

優斗君は私をお母さんとふたりきりにしたことに罪悪感を持っているのか、気まずそうな顔をして言った。

「気にしないで、仕事なんだから仕方ないわ」

本当のことを言うとキツかったけれど、態度に出さずニコリと微笑んだ。私はお母さんと上手くやれるってアピールを忘れてはいけない。

通じたかはわからないけれど、優斗君は優しく微笑んでくれた。最近は私にも優しい笑顔を向けてくれて、本当に嬉しい。疲れも吹き飛ぶってこのことだ。気持ちが盛り上がり、このままプロポーズでもしたい気分になった。もちろん、実際にはそんな馬鹿な真似しないけど。

でも……本当に優斗君と結婚できたら……休日の昼間はこうやって家族団欒して、そして夜はふたりきりで情熱的に……。

そんな幸せな想像に浸っていると、

「緑さん、夕食はどうする？」

優斗君が、想像とはまったく違う、クールな声で問いかけてきた。

「え？　夕食？」

時計を見ると、まだ午後四時を回ったばかりだった。夕飯の心配をするには早すぎるような……。首をかしげる私に、優斗君は説明してくれた。

「母さんは寝るのが早いから、夕食の時間も早いんだ。配達してもらうか買いにいくかするんだけど、緑さんも一緒に食べていかないか？」

「え……ええ、迷惑じゃなかったら」

基本的に私は何時だろうが食べられるんだけど、それにしても優斗君のお母さんの生活って老人みたいだと思った。まだ五十歳を越えたくらいだと思うんだけど……病気のせいなのだろうか。

そんなことを考えていると、お母さんがポツリと言った。

「たまにはあっさりとした和食が食べたいわ。優斗が用意するのは、いつも味の濃いものだから」

「仕方ないだろ？」

優斗君は少しムッとした様子で言う。たしかにでき合いのものは味が濃いめだけれど、優斗君に文句を言ったらかわいそうだ。優斗君には料理する余裕なんてないだろうし……そこまで考えてハッとした。

だったら私が作ればいい。こんな時にぼんやりしているなんて、私ってばなにをしているんだろう。

「あの！　よかったらなにか作ります。和食は得意なんで」

思いがけないアピールチャンスに、私はやる気に満ちて言った。

優斗君は最初は断っていたけれど、最終的には折れてくれた。


「なにを買う？」

横でカートを押す優斗君が、妙に素敵で思わず見とれてしまう。それにこうやって買い物をしていると、まるで新婚夫婦みたいで浮かれた気分になってしまう。

どうしよう、なかなか買い物に集中できない。完璧な料理を披露するにはこんなことじゃいけない。

気持ちを切り替えて、色鮮やかに並ぶ食材に目を向けた。見た目がよくて、味もよくて、さらに料理上手なイメージを植え付けるためにはどんなメニューがいいのだろう。

お母さんは、あっさりしたものが食べたいと言っていたけれど、身体の病気ってわけじゃないから、だいたいなんでも食べられると思う。

……思いのほか、悩んでしまう。

キョロキョロしていると、綺麗な赤身のお刺身が視界に入った。魚を丸ごと一匹買って、素早い動きでおろしたらカッコイイかもしれない。そうしたら優斗君も〝緑さん、すごい包丁さばきだな、見直したよ〟なんて感心してくれるかもしれない。

そんなことを考えてニヤついていると、優斗君は、横で顔をしかめていた。

「なんか生臭いな」

「……え？」

生臭い？　優斗君って生の魚苦手だった？

「俺、この匂いダメなんだ……ところで、なにを買うんだっけ？」

……完全に拒否している。優斗君の家で、魚をさばくなんてありえないことが判明した。

「……に、煮魚なんてどう？　あっさりした味付けで。あそこにおいしそうな切り身が売ってるし」

素早く予定を変更すると、優斗君は笑顔で言った。

「あ、いいな。煮魚は好きなんだ」

煮魚は好きなんだ。いつも優斗君を観察しているけれど、その割に細かい好みは知らなかったことに気が付いた。今までのイメージで、食べ物にあまり関心がないんだと思いこんでいたけど、違っていたんだ。

これは、優斗君のことをもっと知るチャンスかもしれない。やっぱり、食の好みや価値観が合うかは重要だし。幸い、私には好き嫌いはないからなんでも合わせられるし、そうしたらふたりで楽しく食べ歩きとかできるかもしれない。

「他に好きなものはある？　なんでも言って！」

張りきって聞くと、優斗君は少し戸惑いながらも答えてくれた。

優斗君の家に帰ると、すぐにキッチンを借りて、買ってきた食材を手早く広げた。キッチンは、以前掃除に来た時に整理整頓したままで、まったく使われていないように見えた。

毎日でき合いで、優斗君の栄養は大丈夫なのだろうか。心配になりながら、料理にとりかかる。

お母さんの夕食の時間が早いと聞いていたから、大急ぎで野菜を切る。なかなかに軽快な包丁さばきだと思ったけれど、残念ながら優斗君はキッチンに寄り付かなくて披露することができなかった。

かなりの集中力で、料理は思いのほか早くできあがった。優斗君の好きな煮魚と、上品な味を心がけた野菜の煮物。あっさりとしたおすまし。それから優斗君が好きと言っていた、茶碗蒸し。

見栄えもよくできあがり、我ながら完璧だと思う。これなら優斗君にもお母さんにも喜んでもらえるはず！

私は張りきってできあがった料理をテーブルに運び、優斗君に声をかけた。


「ご馳走様、おいしかったよ」

優斗君は気に入ってくれたようで全部食べてくれた。そしてお母さんもほとんど食べてくれた。これは……今日、最高の好感触。がんばった甲斐があった。

心の中で喜びの声を上げていると、お母さんがポツリと言った。

「やっぱり、手料理はいいわね」

……また作りにきてって言ってほしい！　次の言葉をドキドキとして待っていると、優斗君が言った。

「母さんも作ればいいんだよ。昔は料理好きだったじゃないか」

……話が違う方向に行ってしまった。がっかりしつつも、余計な口は挟まずにふたりのやり取りを聞いていると、お母さんは浮かない顔をして言った。

「……もうそんな気持ちになれないわ。自分の不幸を思うとなにもやる気になれない」

優斗君はお母さんから目を逸らして溜息をついた。私は逆に、ショックでお母さんから目を背けることができない。

そりゃあ、たしかに複雑な環境で嫌なことや苦しいことはいろいろあったかもしれないけど、不幸って……。

「あの……その言い方はおかしいと思います」

私にはお母さんが、ただ不幸なだけとは思えなかった。

「ご主人が亡くなって、住み慣れた家を離れてつらいのかもしれないけど、でもお母さんには優斗君がいるでしょう?」

「え……」

驚きの表情で私を見るお母さんに、私はやめられずにまくし立てた。

「大好きな人と結婚できて、その人の子供を産むことができたのに……どうして不幸だなんて言うんですか? どうしてその幸せに気付かないんですか? どんなに望んだって叶えられない人はたくさんいるのに……お母さんは全て失ったわけじゃない。大好きな人との大切な子供が側にいるのに、それで不幸だなんて……少なくとも優斗君には絶対に言ってほしくありません!」

バンッとテーブルを叩きそうになるほどエキサイトした私は、言い終えてしばらくしてから、呆然としたふたりの視線に気付き、現実に返った。

……終わった。

お母さんに気に入られ、うちにお嫁に来なさいよって言ってもらう作戦が……ガラガラと音を立てて崩れ去った。

しかも、自分の失態で。

どうして、こんなことを言ってしまったのだろう。お母さんは病気なのに。事情をよく知らない私が口出しする問題じゃなかった。

だけどお母さんのことで悩んでいる優斗君のことを思ったら、口が勝手に開いてしまった。それも異様に流暢《りゅうちょう》にペラペラと。驚愕したふたりの表情を見ると、いたたまれない気持ちになってしまう。

「あ、あの、すみません。私、余計なことを……これを片付けたらすぐに帰ります！」

私は大急ぎで、空になった皿をまとめると、キッチンに逃げこみ猛スピードで洗い始めた。

この汚れみたいに、今の失態を消し去りたい。せっかく優斗君と仲よくなれてきたのに！　きっと今ので、近付いていた距離がまた果てしなく開いてしまった。大声で泣きたい気持ちだった。

片付けが終わっても、優斗君たちのところに戻るのが怖かった。でも、黙っていなくなるわけにはいかない。

恐る恐るリビングに戻ると、優斗君とお母さんはなにか話しこんでいる。

割りこむのは気が引けるけど、私がいつまでもいるほうがよくないだろう。

「あの……片付け終わりましたので、私はこれで失礼します」

ふたりは私の声に、会話を止めて振り向く。

……気まずすぎる。でも、今は失態のフォローをする気力がなかった。

頭を下げると、逃げるように優斗君の家を後にした。目の前が真っ暗になったような最悪の気分のまま、駅に向かう道を歩く。

このダメージは、さすがの私も簡単には払拭できない。優斗君にどう思われているのか想像すると、怖くて仕方なかった。ネガティブな妄想がどうにも止まらない。

〝緑さんの無神経さにはがっかりしたよ。俺たちの付き合いはこれで終わりだね〟

次に会った時、冷たくそんなことを言われてしまうかもしれない。

そして優斗君の家には、あのやけにかわいらしい部下の女の子が通って、〝部長、お母様のために一緒に料理しましょう〟とか、さりげなく優斗君に頼りつつ、いい嫁アピールをするのかもしれない。

そんなことを頭の中でグルグルと考えていると、

「……緑さん！」

まさかの優斗君の声が聞こえてきた。幻聴かと疑いながら振り返った先には、息を切らした優斗君の姿がある。

「ゆ、優斗君……」

「緑さん……歩くの速すぎないか？」

動揺する私に、優斗君は苦笑いをしながら言った。

「え……そんなことは……」

「いや、歩いてるのが不思議なくらいだった。競歩のレベルだよ」

優斗君に言われ、今さらのように周囲を見回してみると、たしかにだいぶ進んでる。

現実から逃げたい気持ちから、無意識にペースアップしていたのかもしれない。

それより気になるのは、優斗君がどうして追ってきたのかということ。

さっきのことで怒られるのか、それとも妄想が現実になるのか……恐ろしすぎて、このまま逃げ出したい。

挙動不審になる私に、優斗君はすっと腕を差し出してきた。

「……あの、優斗君？」

「忘れていったよ。カウンターの上に置いてあった」

「え……！」

よく見ると、優斗君の手の中には私の腕時計があった。

洗い物をする時に外して、そのまま忘れてしまったんだ。

「……ごめんなさい、迷惑かけて」

たび重なる失敗に、私はうな垂れながら言った。

「気にしないでいいよ、追ってきたのは緑さんに話があったからだし」

「は、話……」

再びビクビクする私に、優斗君は頷く。

「さっき家で言おうと思ってたんだけど、声をかける前に緑さんが出ていったから……あまりの早さに止める暇がなかった」

「そ、それで……話って……」

緊張に耐えきれずに先を促すと、優斗君はなぜか小さな笑みを浮かべた。

「緑さんにお礼を言おうと思ったんだ」

「……えっ⁉　お礼？　どうして⁉」

まさかの言葉に思わず変な声が出てしまう。優斗君は気にする様子はなく続けた。

「さっき母さんにきっぱり意見を言ってくれただろ？　言いづらいことだったはずなのに……感謝してる。母さんも、緑さんに言われたことを考えてるみたいだ」

「……」

「考えてみれば、俺たちの周りにあんなにはっきり諭してくれる友人はいなかった。緑さんの言葉に母さんもはハッとさせられたと思う。ありがとう」

「……あ、あの……そんな、気にしないで。私はただ……とにかく、役に立てたならよかった」

なんだかよくわからないけど、優斗君はまったく怒っていないみたい。
しかもお礼まで……これって、災い転じてなんとかってのかもしれない。
優しい優斗君の笑顔を見ていたら、失っていた力がよみがえってきた。

「また遊びにきてくれると助かるよ」

優斗君の言葉に、私はこれ以上ないくらい舞い上がった。

それから何度か優斗君の家に遊びにいった。お母さんがどう思っているか不安だったけれど、とくになにか言われることはなかった。
あの時のように不幸だとかうしろ向きなことを言うこともなく、とても穏やかな雰囲気で過ごすことができていた。
なんだか最近、本当に優斗君と近付いた気がする。
もしかしたら、このまま恋人同士になれるかもしれない。
そんな期待を持ってしまうほど優斗君は優しくて、もう幸せすぎる毎日だった。

忘れていたころに

「なに、焦ってるの？」

バタバタと机まわりの片付けをする私に、鈴香が近付いてきて言った。

「優斗君と食事の約束をしてるんだけど、打ち合わせが長引いて……急がないと遅れちゃう！」

バッグに荷物を適当に詰めこむと、私は勢いよく立ち上がった。

「……少しくらい遅れても大丈夫でしょ？　仕事だったんだし」

「ダメ！　時間も守れない、だらしない女と思われたら嫌だもの。仕事のスケジュール管理もできない女と思われたくないの」

「そんなこと思わないでしょ？　めったに遅刻しないんだし」

鈴香に返事をする間も惜しみ、私は事務所を飛び出した。時計を見ると、あと五分しかない。

足は速いから走れば間に合うけど……優斗君に大股で走る姿は見られたくない。でも遅刻はありえない……。結果、微妙な小走りとなり、風を切って待ち合わせ場所に向かった。

「……間に合った」

一分前に無事到着した。辺りを見回してみたけれど、優斗君はまだ来ていない。よかった、待たせなくて。

最近の優斗君は五分前に来ることもあるから気を遣う。素早く髪を整えながら、優斗君を待つ。そうやってなにげなく前方を向いていた視界に、突然大きな球体が現れ、それはまっすぐ私に向かって進んできた。

球体には見覚えがあった。相変わらず苦しそうな息遣いで私の目の前に立った丸いシルエットは、今の瞬間まですっかり忘れ去っていた見合い相手、袋小路さんだった。

「栖川さん、久しぶりです」

「あ、はい……お久しぶりです」

とりあえず軽く会釈したけれど、内心憂鬱な気持ちでいっぱいだった。消去したはずの思い出がよみがえってくる。だいたい、なんで袋小路さんがここに？

あからさまに嫌な顔をする私に、袋小路さんは身体を左右に揺すりながら言った。

「栖川さんは少しも変わってないですね」

「そうですか？　袋小路さんも……」

変わってないと言おうとしたけれど、言えなかった。結構変わっているように見えたのだ。さらに丸く、大きくなったような……それほど時間は経ってないのに、なんて成長率。

私の唖然とした気持ちには気付かず、袋小路さんは話を続けた。

「栖川さん、よかったらこれから食事でもどうですか？」

……どうして突然食事なの？　わけがわからないけれど、どっちにしろ行くわけがない。丁重にお断りしようとした瞬間、少し離れたところからこちらを見ている優斗君の姿を発見した。

「ゆ、優斗君！」

声を上げ、大急ぎで優斗君の元に向かう。

「緑さん……今話していた人は……」

優斗君は戸惑いの表情を浮かべて言う。

「あっ、なんでもないの。ちょっとした知り合いで……あの、やましい関係じゃないから」

「あ、そう……」

優斗君はなにか言いたそうな様子を見せながらも、言葉を続けることはなかった。

代わりに、私の背後をじっと見つめている。

「優斗君?」

呼びかけたのとほぼ同時に、

「栖川さん」

と、いつの間にか近付いてきていた袋小路さんの声がして、ぎょっとする。袋小路さんは、汗ばんだ額を拭いながら笑顔で言った。

「栖川さん、食事なんですけど……」

まだその話をするのかと、私は驚き目を見開いた。普通、この状況を見たら察してくれそうなものなのに。よりによって優斗君の前で……。

私は袋小路さんに恨みの視線を送りながら、早口で言った。

「せっかくですが、お断りします。大切な先約がありますので」

空気を読め、早く帰れと目で訴える。それはもう、かなりの念を送ったはずなのに、彼にはまったく通用しなかった。

「以前、あんな別れ方をして後悔していたんです。もう一度ちゃんと話し合いたいと思ってたんです」

「は?」

「見合いを一方的に断るなんて、女性に対して失礼だったと……」

え？　ちょっと待って。話が飛んでいるし、なにか内容もおかしい。

今の話だと私が袋小路さんにふられた感じが……しかも別れたって、最初から付き合ってすらいないのに。

袋小路さんのありえない妄想に、私は驚愕して言葉を失った。

「緑さん、俺のことはいいから話し合ってくるといいよ」

優斗君の声が聞こえてきて、私はハッと我に返った。こんな状況でボンヤリしている場合じゃなかった！

「優斗君、誤解なの！　話し合うことなんかないから」

すぐにそう訴えたけれど、優斗君はすでに引いてしまっているようで、どこか冷めた目をしながら言った。

「いや、彼は話があると言ってるんだから、ちゃんと聞いたほうがいい。それに俺もあまり食事の気分じゃないし、また今度にしよう」

「えっ⁉　ち、ちょっと待って……優斗君？」

優斗君は私の呼びかけに振り返らずに、サッサと歩いていってしまった。

……呆然。

普通、ドラマとかだとこういうシーンの時、優斗君の立場の男性が間に入って、〝彼女になんの用ですか⁉〟なんて、女性を背中にしてかばって言ったりするのに。

かばうどころか、あっさりと置いていかれた……。

そりゃあ、私は彼女じゃないけど、でも、あまりにもあっさりしすぎているというか……。やっぱり私って、優斗君の中でどうでもいい存在なんだ。

悲しみに沈んでいると、袋小路さんの空気を読まない声が聞こえてきた。

「栖川さん、なにか食べたいものありますか？」

私は振り返り、鋭い目で袋小路さんを睨み付けた。

「あの、失礼じゃありませんか？　突然来て先約の邪魔をするなんて」

貴重なデートのチャンスをどうしてくれるんだと叫びたいのを、グッと堪えた。

袋小路さんは、驚いたように私を見ているけど、止める気になれずに続けて言った。

「見合いの件は正式にお断りしたはずです。今さら、こうやって連絡もなく訪ねてくるのはルール違反じゃないですか？」

感情的に言うと、袋小路さんは悲しそうな顔をして俯いた。丸く大きな身体が、少しだけ小さくなった気がした。

その様子に、私も冷静さを取り戻した。言いすぎたかもしれない。それによく考えてみれば、私も優斗君の迷惑を考えず突撃したんだった。袋小路さんの行動をどうこう言える立場じゃなかった。

気まずさでいっぱいになっていると、袋小路さんは恐る恐るといった様子で口を開いた。

「急に来たのは悪かったと思ってます。でも偶然栖川さんを見かけたら止められなくて……話したいことがあったんです」

「……見合いの件ならもう気にしていませんから」

もう、どちらが断ったかなんてどうでもよかった。

「いえ、それだけじゃなくて……」

「他にもなにか話があるんですか?」

そう聞くと、袋小路さんははずかしそうに頬を赤く染めた。

……中年の男性の反応と思えなかった。しばらくすると、袋小路さんは妙にモジモジとしながら言った。

「ここじゃなんですから、どこか落ち着いたところで食事でもしながら……」

結局、食事がメインなのか……。ウンザリしたけれど、正直、私もお腹は空いてきていた。食事をして落ち着いたうえで、二度と優斗君とのデートを邪魔しないように念を押したほうがいいかもしれない。

そう結論を出し、袋小路さんにそっけなく言った。

「わかりました。私も言っておきたいことがあるんで移動しましょう」

「あっ、はい」

袋小路さんに案内された店は、夜景の綺麗なレストランだった。

「ここのステーキは最高なんですよ」

嬉しそうに言いながら、私にお勧めの品を語ってくる。いったい、なにをしに来たのか。妙にロマンチックな店の雰囲気も、どうせなら優斗君と来たかったと癇《かん》に障《さわ》る。

適当に注文をして、気まずい雰囲気のまま料理を待つ。テーブルに料理が並べられると、ふたりとも無言で一気に食べた。

袋小路さんの食欲は、呆れるほどだった。優斗君の三倍以上は食べている。しかも、すごくおいしそうに。

肝心の話については完全に忘れているように見えた。このまま黙っていたら、いつまでも食べ続けそうなので、私から切り出す。

「食事中ごめんなさい。時間がないので話があるなら早くお願いしたいのですが」

そう言うと、袋小路さんはようやくフォークを置いて、私に向き合った。

「すみません、おいしいものを前にすると、つい食べることに夢中になっちゃうんですよね」

「わかってます。それで話っていうのは？」

先を促すと、袋小路さんはまたはずかしそうな表情になりながら言った。

「えっと、あれからいろいろ考えたんですけど、やっぱり栖川さんと付き合ってみたいと思ったんです。最初は料理もできない女性は無理だと思ったけど、栖川さんを思い出したり夢に見たり、忘れられないんです。それで、よかったらやり直してほしくて……」

「……え？」

袋小路さんの発言に私は唖然とした。気を落ち着かせ、袋小路さんの発言について考えてみる。

つまり……彼は料理のできない私とは結婚できないと思い、見合いは断った。

でも気が変わり、私と付き合いたいと思ってる。

……どうかしている。さっき優斗君と一緒にいるところを目にしていながら、よくそんなことが言えたものだと思う。

席を立ちたいのを我慢して、私は感情を抑えながら言った。

「あの……お見合いの件なんですが、私のほうからもお断りの連絡をさせていただいたはずです。お互い断っていたのですから完全に破談ですし、今さらこういった話は困ります」

「え……栖川さんから断った？」

困惑の表情を浮かべる袋小路さんを見て、だんだん不安になってきた。

もしかしたら、袋小路さんサイドにきちんと伝わっていないのでは？　断りづらいとか嘆いていた兄の姿を思い出し、怒りが湧いてきた。

今すぐ電話して問い詰めたいところだけれど、とりあえず今は袋小路問題を解決しないと。

「袋小路さん、今後、今日のようなことがあると困るのではっきり言いますが、私には好きな人がいるんです。ですからお付き合いはできませんし、強引に誘われても困ります。会うのも今日で最後にさせてください」

「好きな人って……誰ですか？」

あまりの鈍感さに驚愕した。さっき会った優斗君はなんだと思ったのだろう。

「……詳しいことは言えませんが、心に決めた相手がいるんです。私はもうお見合いをする気はありませんから、袋小路さんも別の人を探したほうがいいと思います」

言い返す隙を与えないよう、一気に言う。袋小路さんは、呆然と私の口元を見ている。少しキツく言いすぎたかと思ったけれど、こういうことははっきりさせたほうがお互いのためだ。

曖昧な態度が一番よくない。私はフォローすることもなく、袋小路さんを冷たく睨んだ。

「……そう言われる気はしてました」

しばらくすると袋小路さんは、肩を落としながら言った。

「多分無理だろうと思ってたけど、もしかしたらと思って……」

「申しわけありませんが……」

そういうことで、と席を立とうとしたけれど、袋小路さんはブツブツと話し続けた。

「栖川さんのことが忘れられなくなったんです。今ごろどうしているのかって気になって……なんで見合いを断ってしまったんだろうって後悔して……」

……しつこい。まさか、この愚痴っぽい告白をずっと聞かすつもりなのだろうか。

「だから望みはなくても、なにもしないで後悔したくなかったんです」

……あれ？

「行動しないで、悩んでいるだけじゃダメだと思って……」

この状況……なんだか覚えが。

「どうしてもダメですか？　少しだけでもチャンスはないですか？」

袋小路さんの熱心な眼差し。

これは……過去の私だ。

優斗君に一ヵ月だけでもいいから付き合ってくれと迫ったころの私自身。

……立場が逆になると、こんなに迷惑なことだったんだ。当時の優斗君の気持ちを思うと、ガックリと力が抜けた。

優斗君はあの時どんな気持ちだったんだろう。今の私と同じくらい……もしかして、それ以上にウンザリしていた？　たしかに、嫌そうな顔はしてたけど。

うな垂れる私に、袋小路さんは心配そうに声をかけてきた。

「栖川さん、大丈夫ですか？」

顔を上げると、気遣うように私を見つめてくる、つぶらな瞳と視線が重なった。

……悪い人じゃないかもしれない。でも、気持ちには応えられない。

だから、私はこれ以上ないほどの冷たい声で言った。

「なんと言われても、付き合うことはありません。私たちの関係が変わることは絶対にありませんから」

マンションの部屋に着くと、すぐに兄に電話をした。

「袋小路さんとのお見合い、ちゃんと断ってないでしょ!?」

私の剣幕に兄は引いていたけれど、悪いのはいい加減な兄なのだから、容赦なく責め立てた。

結局、兄の伝え方が曖昧だったようで、袋小路さんだけがおかしいってわけではないことが判明した。

今日の出来事を話し、責任を取って先方と話をまとめるように言い電話を切ると、ようやく怒りがおさまってきた。

すると、優斗君のことが頭に浮かんでくる。最近は上手くいっていると思っていたけれど、私のひとりよがりなのもしれない。

自分のしてきたことがどれほど迷惑だったのか、今ごろになって理解した。今日、背中を見せて立ち去ってしまった優斗君。

あれが本心なんだろうけど……落ちこんでしまう。自信がなくなる。怖くて優斗君に電話をすることができなかった。そしてさんざん悩んだ後、キャンセルしてしまったことのお詫びのメールを送信した。

［優斗Side 2］

緑と別れた後、優斗はまっすぐ駅に向かう。今日は急いで帰る必要はないから、珍しく時間が余ってしまった。適当なところで食事でもして行こうかと考え、目についた店に入り注文をする。ぼんやりと料理を待っている間、思い出すのは緑と……それから緑と一緒にいた男性のことだった。

男性は強烈な印象の持ち主で、初めは何事かと思ったけれど、話の流れから緑の見合い相手だと理解した。

『以前、あんな別れ方をして後悔していたんです。もう一度ちゃんと話し合いたいと思っていたんです』

『見合いを一方的に断るなんて、女性に対して失礼だったと……』

男性は必死の様子で、緑に弁解していた。その言葉からふたりの関係を察することができた。

「……はあ」

苛立ちを吐き出すように、優斗は深い溜息をついた。

以前、緑は見合いを断ったと言っていた。

『初めから断るつもりだったから、あまり会話も弾まなかったの。気に入る入らない以前の問題だわ、デートもしてないんだから』

たしかそんなことを言っていたはずなのに、まさか緑のほうが断られていたとは。騙されていたような気がして気分が悪かった。

だいたい見合いの当日に偶然会った時「優斗君のことが好き」とか大声で言ってなかっただろうか？

いや……見合いはその後だったはずだから、その時に彼を好きになったのか？　緑は彼のどこを気に入ったのだろう。見合いの席で一目惚れしたのだろうか……？

ふと、相手の男性の容姿を思い出し、優斗は思わず首をかしげた。どうも考えづらいことに思えた。でも緑は変わっているところがあるから、ありえない話じゃないと思い直す。

緑はあの相手になんと答えるのだろう。付き合うつもりなのだろうか。そんなことを延々と考えていると、料理が運ばれてきてテーブルに並べられた。

今日は大食いの緑がいないから、テーブルの上はスッキリしていて寂しく感じる。

「いや……これが普通だ。いつもがおかしいんだ」

ブツブツと言いながら、優斗は料理に手を伸ばした。

食事を終え、浮かない気持ちのまま家に着く。母親はもう寝ているのか、家の中はしんとして寒々しい。

水を飲もうとキッチンに行くと、シンクに鍋がひとつ置いてある。母親は今日、料理をしたらしい。緑に正面切って意見されてから、母親は簡単な料理をするようになった。なにを思っているかはわからないけれど、いい兆候のようで希望を感じる。仕事も慣れてきているところだし、母親もわずかだけれど回復の兆しが見える。久しぶりに心に余裕が出てきていたはずだったのに、緑のせいで台なしになった。

気持ちがザワザワとして落ち着かない。優斗は冷蔵庫からミネラルウォーターを取り出して、一気に飲みこむ。冷たい水が喉《のど》を通っていくのを感じて、感情も少しずつ静まってきた。すると、徐々に客観性も戻ってきた。

考えてみれば、緑が見合い相手と付き合おうがどうしようが優斗には関係ないのだ。怒るほうがおかしいし、そんな立場でもないのに。動揺するなんて、これじゃまるで嫉妬しているみたいだ。

「嫉妬？　……ありえないよな」

頭に浮かんだ考えをすぐに打ち消すと、優斗はシャワーを浴びるためバスルームに向かう。途中、ふと思い出して着信の確認をした。

点滅する携帯は、緑からのメールを知らせていた。

【優斗君、今日は急にキャンセルすることになってしまってごめんなさい。また都合が合えば、会いたいです】

「……これだけ？」

読み終わった瞬間、思わずつぶやいていた。あの見合い相手については、一切触れられていない。それにどことなくそっけない文面に思えるし、いつもなら電話をしてくるのに、なぜ今日に限ってメールで済ますのか。

まだあの見合い相手の男と一緒なのだろうか。再び機嫌悪く考えこみそうになって、慌てて気持ちを切り替えた。こんなことを考えても仕方ない。

【大丈夫、気にしなくていいから】

簡潔なメールを返信すると、頭の中から緑と見合い相手の姿を消し去った。

緑からの連絡は、それから数日経ってもなかった。

まさか、本当にあの見合い相手と付き合うことになったのだろうか。気が付けば、そんなことばかり考えていた。正直言えば、気になって仕方ない。それに緑に腹が立っていた。

さんざん好きだとか言って、強引に押しかけてきたくせに、今ごろになって手の平を返す態度を取るなんて、勝手だと思う。

ひとこと文句を言ってやりたい気分だったけれど、緑に気にしていると知られるのはもっと嫌だった。

結局、なにも行動を起こさずに、モヤモヤとしたまま毎日を過ごしていた。

「それじゃあ、俺はそろそろ帰るよ」

飲み会の途中、時計をチラリと見ながら優斗が言うと、近くにいた同僚たちの視線が集まる。

「まだ来たばかりですよ？　もう少しいいじゃないですか」

「いや、悪いけど今日はこれで失礼するよ。皆はゆっくりしていくといい」

穏やかに言うと、優斗は立ち上がり店を出た。大して年の変わらない社員たちは気安く話しかけてくれるけど、それでも役職の違いから壁のようなものはあった。

自分がいては、周りも気を遣うだろう。

まだ早い時間だけどまっすぐ家に帰るつもりだった。けれど、

「二ノ宮部長！」

慌てた様子の声で引き止められ、優斗は立ち止まりうしろを振り返る。

「……吉沢さん？」

皆と飲んでいたはずの留美が息を切らせて走り寄ってきて、優斗の目の前で立ち止まった。

「なにかあったのか？」

これほど慌てて追ってきたのだから、なにか問題が発生したのではないかと思った。けれど留美は苦しそうな息を鎮めると、ニコリと微笑んだ。

「そういうわけじゃないんですけど……二ノ宮部長と一緒に帰りたくて追いかけてきたんです」

「俺と？」

留美の自宅は方向が違うはずだった。一緒に帰るというのは口実で、なにか相談でもあるのかもしれない。

「吉沢さん、なにか困ってることがあるんだったら話は聞くけど日を改めよう。今日は少し飲んでるし、ちゃんと話を聞けないと思うから」

穏やかな口調を心掛けて言うと、留美の表情が少し曇った。

「今日じゃダメですか？　私、早く相談に乗ってもらいたくて……」

留美は悲しそうに、目を伏せた。

「え……そんなに急いでるのか？」

「はい……でも、やっぱり迷惑ですよね？」

その弱々しい態度に、優斗は慌てて取り繕うように言った。

「いや、迷惑ってわけじゃないけど、相談なら落ち着いた状況のほうがいいかと思ったから……」

「私、二ノ宮部長しか相談できる相手いないんです」

そういえば、留美は昼休みもひとりで過ごしていると、以前言っていた。同じチームの社員たちと上手くいってないようにも見えた。

だから、本来の相談窓口の直属の上司を飛ばして、優斗のところへ自分に相談に来たのかもしれない。

「……吉沢さんは、今の仕事がやりづらいのかな？」

留美は派遣社員だから優斗に人事権はないけれど、部署内の担当替え程度なら可能かもしれない。留美の話を聞いて、今後働くのに支障があるほどの問題なら対策を考えないといけない。

あれこれ考えていると、留美から思いがけない返事が返ってきた。

「あの、相談は仕事についてじゃないんです。プライベートなことで……」

「プライベート？　それは……」

留美に返事をしながら、数メートル先の建物になにげなく目を向ける。すると、その建物の影に緑の姿を見つけ、優斗はハッとした。

緑は明らかにこちらを見ていたようで、目が合うと慌てた様子で顔を背けた。

それでも立ち去る気配はなく、その場から動かない。

優斗は、今度は隠すことなく大きな溜息をつくと、留美に向き合い早口で言った。

「吉沢さんごめん、今日はもう行くから。個人的なことでは役に立てないけど、仕事で困ったことがあったら遠慮なく言って」

「え……あの、二ノ宮部長⁉」

身を翻し立ち去る優斗を留美が引き止めようとする。

それでも優斗は止まらずに、慌てている緑のいる建物のほうに早足で向かっていった。

優斗が近付いてくることに気付くと、緑はさらに慌て出し落ち着きがなくなった。

目の前まで行き、逃げ出せないように壁際に追い詰める。

「緑さん、こんなところでなにをしてるんだ？」

「えっ!?　あの、仕事で……」

緑は動揺しているのか、落ち着きなく視線を泳がす。

「仕事？　こんな所で立ち止まってるのに？」

「あ、あの、それは……」

「なんか見られてる気がしたんだけど」

優斗がズバリと言うと、緑は言葉に詰まりうな垂れた。

「あの……仕事というのは本当なの。依頼を受けて、打ち合わせに来たの」

緑は少し先にあるビルに目を向けながら言う。

「打ち合わせが終わってビルから出たら、優斗君がそこの居酒屋に入っていくのが見えて……それで久しぶりだったから話せないかと思ってたら……」

「入っていくところって……一時間以上前だけど」

優斗が腕時計を確認しながら言うと、緑は驚いた顔をした。

「えっ、そんなに経っていた？　あの……いろいろ考えてたから、気付かなかった」

「考えこみすぎだろう？」

まさか、ずっとここで待っていたとは。吹き出しそうになるのを堪えて言うと、緑は気まずそうに弁解した。

「あの、決して見張ってたわけじゃなくて……優斗君が店から出てきたから声をかけようか悩んでたら、彼女が……」

「彼女？」

「以前レストランで会った、優斗君の部下の女性。彼女が優斗君を追いかけて行ったから、目を離せなくて」

そういえば、緑と留美は一度顔を合わせたことがあった。でも大した会話を交わしたわけではない。こんな遠目で、よくわかったものだと思う。

優斗が妙な感心をしていると、緑は恐る恐るといった様子で口を開いた。

「あの……優斗君……」

「なに？」

いつになく歯切れの悪い緑に、眉をひそめる。

「……あの、もしかして彼女と付き合ってるの？」

「……は？」

いきなりなにを言い出すのかと思う。けれど真剣な顔で返事を待っているようだった。

「……緑さんには関係ないだろ？」

違うと言ってもよかったのに、なぜかわざと突き放すような返事をしていた。

優斗自身、理解できない感情的な言動。緑はあからさまに傷付いた顔をする。

「そうなんだけど……」

かなり動揺して、上手く言葉が出てこないように見えた。

「緑さんも忙しそうだし、俺のことなんか気にしてる暇はないだろ？」

意地が悪い言い方だと自覚しながらも、なぜか止められない。

すると、緑の顔が泣き出しそうに大きく歪んだ。

「え……緑さん？」

緑が実際に泣くとは思えなかったけれど、優斗の心臓はドキリと音を立てて跳ねた。

フォローの言葉を探していると、緑は顔を上げ勢いよく迫ってきた。

「忙しくても優斗君のことを考えない時間は一秒もないから！」

「い、一秒も？」

それはそれで怖い気がする。たじろぐ優斗に気付かずに、緑は必死の表情で続けた。

「たしかに優斗君と彼女の付き合いに私は関係ないけど、でも気になるの！　気にしないなんて絶対に無理！」

「み、緑さん？」

「だって、私……優斗君のことが大好きなんだもの！　優斗君だって知ってるでしょう!?」

声を高くする緑と優斗に、周囲のぎょっとしたような視線が集まる。

「……こっちに来て」

優斗は慌てて緑の腕を引き、人通りの少ない方向に進むとオフィスビルの裏側に向かった。大通りからは外れているため、人通りは少ない。

適当な場所で立ち止まると、優斗は緑を振り返った。

「緑さん、前も言ったけど、少しは場所を考えてくれ」

「ごめんなさい……動揺して、つい……」

〝つい〟で、うっかり公開告白してしまうのか。あの場に知り合いがいたらどうする気なのか。そう考えながらも、不思議と気分は悪くなく、いつの間にか、イライラした気持ちはなくなっていた。

「……緑さんは、この前の見合い相手と付き合ってるんじゃないのか？」

「……え？　ど、どうして!?」

緑は心底驚いた顔をする。

「……この前、そんなこと話してただろ？」

そう言うと、緑は勢いよく首を振った。

「ありえないから！　あの人とは誤解があって……兄がいい加減なせいなのよ。とにかく私は優斗君しかいないから！　他の人なんてどうでもいいの！」

さっき注意したばかりなのに、また大胆な発言をする。優斗は半分呆れながらも、胸の中は笑い出したいような明るさで溢れていた。

「吉沢さんとは付き合ってないよ。ただ相談を受けていただけ」

気が付くと、微笑みながら自然に言葉が出ていた。

緑はあからさまにホッとした顔をしたけれど、すぐに険しい顔になった。

「でも相談ってことは親しいってことよね？」

探るように見つめてくる。

「……緑さん、嫉妬してるのか？」

そう言うと図星だったようで、緑はビクリと身体を強張らせた。それでも次の瞬間には開き直ったようだった。

「そうだけど。だって相談って嫌いな相手にはしないし、彼女は優斗君を信用してるってことでしょ？　しかも同じオフィスで働いてるなんて……いつオフィスラブに発展するかわからないわ」

「オフィスラブって……」

「周りの社員には秘密で会議室で待ち合わせしたり……優斗君にだけ特別のコーヒーを淹れたり……」

「コーヒーは自分で淹れてる。緑さん、マンガの読みすぎじゃないか？」

そう言うと緑は黙ったけれど、まだ納得はしていないようで険しい顔をしている。

その様子を見ていたら、なぜだか緑に優しくしたくなった。

「……緑さん、食事はまだだろ？　一緒に行かないか？」

誘うと、緑は顔を輝かせた。

「も、もちろん行く！」

張りきった返事に笑いながら、優斗は量が多いとウワサのイタリアンに、すっかり機嫌のよくなった緑を連れていった。

急接近？

「……というわけで優斗君と食事に行って、すごくいい感じだったの」

機嫌よく報告する私に、鈴香は感動のない無表情で頷いた。

「ふーん、それで仕入れはちゃんと行ってきたの？」

「行ってきたわよ！　ふーんって、鈴香が聞くから話したんじゃない」

「なんか機嫌いいねって言っただけでしょ？　そしたら緑が延々と話し出したんじゃない。でも浮かれずに早起きしたのは偉いわ」

鈴香の言葉に、私はニヤリと笑ってみせた。

「当然でしょ？　あらゆることの活力が湧いてきて、早起きくらい余裕よ」

「すごいね、その元気分けてもらいたいわ」

鈴香はだるそうに言いながら、私の仕入れてきた花の確認を始めた。明後日の結婚式用のブーケや、その他の装飾の準備で疲れている様子だった。鈴香のクライアントはブライダル関係が多いから、週末はとくに忙しい。

「手伝うわ。今日は急ぎの仕事はないし」

「ありがとう、助かるわ。やっぱり忙しい時期は人手が足りないね。もう疲れた……緑みたいな体力がほしいわ」

「……そう？　まあたしかに力は溢れてはいるけど」

優斗君との距離が、今までないほどに近付いた気がしてる今、疲れなんて感じるわけがない。

作業をしながらも、昨夜のレストランでの出来事が頭に浮かんだ。

＊　＊　＊

「あまりしつこくしたら優斗君に迷惑だと思うと、電話できなくなったの」

「別に電話されることを迷惑だとは思ってない。それより飲み会の帰りを待ち伏せされるほうが困る」

「そ、それは……ごめんなさい。本当にストーカーになるつもりはなくて……」

思い返せば、今までの行為が半分ストーカーなのだけれど、それは棚に上げて言いわけした。

「もういいよ。それよりあんな所をひとりでウロウロしてたら危ない。まあ緑さんなら大丈夫だとは思うけど……今度からは用があるなら直接電話してくれ」

「ゆ、優斗君……」

感動で涙が出そうになった。私の身を心配してくれたうえに、気軽に電話をしてもいいなんて……優斗君にこんな女性扱いしてもらうの初めてかもしれない。

「優斗君……ありがとう。本当に嬉しい……」

＊　＊　＊　＊

こんなに幸せでいいのだろうかと、何度も優斗君のセリフを思い出しつつ、黙々と作業をしていると、鈴香が思い出したように言った。

「そういえばさ、部下の女の子は結局なんだったの？」

「ああ……相談を受けていたって……」

「相談か……その子、要注意だね」

鈴香の苦笑混じりの言葉に私は深く頷いた。本当、油断はできない。

「緑はいつも相談女に彼氏略奪されてるもんね」

そのとおりだった。初めは上手くいってるのに、弱々しい女性が『相談』と言いながら彼に近付き、気付けばふたりは付き合っていました……なんてパターン、今までに何度もあった。

私からすると、恐怖の相談女だ。

今までは敗北を続けていたけれど、今回ばかりは負けるわけにいかない。

「優斗君だけは絶対に渡さないわ!」

決意を新たに宣言したものの、

「渡さないもなにも、緑のものでもないけどね。緑の彼氏ってわけじゃないんだから」

鈴香の冷静な突っこみに、なにも言えなくなった。


優斗君との関係は順調だった。目に見える進展はないし、付き合うとかそんな話はまったく出ないけど、でも時々、とくに用がなくても優斗君のほうから電話をくれるようになった。メールもくれる。気にかけてくれていると思うと、嬉しくて仕方がなく、上手くいきすぎて怖いくらいだった。

そんなある日、優斗君に突然誘われた。

「緑さん、明後日、仕事帰りに食事に行かないか?」

「えっ!?」

食事？　仕事帰りに？

「ああ。いろいろ助けてもらったからお礼もかねて……以前、緑さんが好きだって言ってた店があっただろ？」

「え……もしかしてPホテルの？」

「ああ、そこで食事しよう」

……嘘。信じられない！

Pホテルのレストランといえば、高層階にあって、三六〇度の夜景が見える最高にロマンチックなレストラン。そんな場所で優斗君とふたりっきりで食事なんて……まるで……まるで……、

「デートみたい」

思わず口に出してしまった私に、優斗君はクスリと笑って言った。

「そうだね」

……本当に失神しそうになった。

デート前日は夕食もかなり我慢して少なめに。髪と肌の手入れをして、早々にベッ

ドに入った。

　……ウキウキしすぎて眠れない。頭の中は優斗君と明日のデートのことでいっぱいだった。優斗君はどういうつもりで、デートだって言ったんだろう。サービス精神で私に合わせた？　からかってみた？　なんとなく言ってみた？　それとも……本当に私とデートしてもいいって思ってる？　そうだったらどうしよう。

あまり押したらいけないかと思っていたけれど、優斗君がデートって思ってくれてるなら、押してもいい気がする。というか、ここで積極的に出なかったら、二度とチャンスは巡ってこない気がする。

今まで失敗してばかりだったし、プラス思考になりすぎてはダメだと思うけど……明日告白してみようか。もう、さんざんしてるんだけど、もう一度、正式に、真剣に。

優斗君付き合ってくださいって、はっきり言ってみようか。言ってもいい？

悶々と悩みながら眠れない夜を過ごした。

――優斗君に告白しよう。

翌日、そう決心して待ち合わせ場所に向かう。優斗君が、以前褒めてくれた白のワンピースを着て、精一杯のお洒落をして、約束の十五分前には待ち合わせ場所に着いた。

行き交う人々を眺めながら緊張が高まってくる。

告白してまたふられたらどうしよう。慣れてるとはいっても、今日断られたら今度こそダメージが大きい気がする。正直言って自信はまったくないし、怖気付きそうになる。でも……言葉にしないと気持ちは伝わらない。

普段から態度では十分すぎるほど示しているつもりだけど、それでも完全には伝わってないかもしれないし。それに面と向かって言わなければ、答えももらえないし。

やっぱりちゃんと告白しよう。そう改めて決心した瞬間——。

「緑」

名前を呼びかけられて私は跳ねるように顔を上げた。

この声は……。

「緑、こんな所でなにしてるんだ？」

忘れたころにやってくる男、龍也だった。

な、なんで龍也がここに？　どうしてこう、どこにでも現れるんだろう。しかも都合の悪い時に限って！

「そんな嫌そうな顔するなよ」

そんな無理な注文しないでほしい。

「……ここでなにしてるの？」

早く帰れと言いたいのをグッと堪える。

「外回りの帰りだ」

それならわざわざ私に声をかけないで会社に帰ってほしい。

「そう。私は待ち合わせているところだから」

そう言って龍也から目を逸らし、ついでに数歩移動する。本当は百メートルくらい離れたいところだけど、優斗君と待ち合わせしている以上、死んでもここは動けない。

無視の態勢に入った私に気付いているはずなのに、龍也はしつこく寄ってきた。

「二ノ宮さんと待ち合わせなのか？」

「……だったらなに？」

「やっぱり付き合ってるのか？」

あまりにしつこい龍也に、私のストレスは最高潮になった。

「なんでそんなこと聞いてくるの？　龍也には関係ないでしょ？」

「関係ないことはない。昔の恋人のことだからな」

「ちょっと、そういうこと声に出して言うのやめてくれない？」

消し去りたい過去なのに。気持ちも悪い。

「本当のことだろ？」

「ねえ、この前からなんなの？　詮索されてるようで気分が悪いんだけど」

キツイ口調で言うと、さすがの龍也もムッとした顔をした。

「お前が騙されていないか心配なんだよ。相手が相手だからな」

「は？　どういう意味？」

「あの男はやめたほうがいいと言ってるんだ」

妙にムキになっている龍也を見ているうちに、以前のことを思い出した。

龍也は優斗君のことを馬鹿にした発言をしたことがあった。

「……なんでそんなに優斗君を悪く言うわけ？」

「別に。悪くなんて言っていない」

完全な嘘だと思った。優斗君を気に入らないと顔に書いてあるようにすら見える。

……もしかして龍也は、私のことをどうこう思っているというより……。

不意に閃いた考えに、私は心底軽蔑して龍也を見た。

「龍也、いろいろ理由を付けてるけど、本当は優斗君に嫉妬してるんでしょ？」

「なんだと？」

龍也はカッとして私を睨んだ。

「そんなことあるわけないだろう？」

その態度が図星と言っているようなものだった。

龍也は以前、自分で言っていた。優斗君のことを若くして事業部長だとか……自分たちとは役職が違うから関わることはないとか……。

年下の優斗君が自分よりずっと上の役職なことに嫉妬していたのだ。

男の嫉妬……なんて醜い。もしかしたら、龍也は私と優斗君が付き合ってると勘違いして、仲を引き裂こうとしてやってきたのかもしれない。

考えすぎな気もするけど、なにしろ龍也だし。どっちにしろ優斗君に会わせるのは危険すぎる。

もう待ち合わせの時間になる。早く追い返さないと、優斗君がやって来てしまう！

「龍也、話はもうないから帰ってくれない」

「なに？」

「お互い気分が悪いでしょ？　ここで言い合いになったら困るんじゃないの？」

焦る気持ちを隠して、冷静に言う。龍也は人通りの多い周囲を見回した後、溜息をついて言った。

「仕方ないな。今日は引き上げる」

今日はではなく、永遠に引き上げればいいのに。まあ、それは明日以降に釘を刺すしかない。今はいなくなってくれればよしとしよう。

そう思ってたのに……。

「緑さん……神原さん？」

優斗君が私と龍也を見て、驚いた顔をした。

惚れ直す

こんなところを優斗君に見られてしまうなんて。

笑顔で優斗君を迎えて、仲よくレストランに移動して……思い描いていた予定がガラガラと崩れ去っていく。

どこから聞かれていたんだろう。聞こえなかったとしても、龍也を睨み付ける鬼のような形相は見られたに違いない。

ああ……せっかくの夢のデートのはずだったのに。告白する予定だったのに。

失望と同時に、龍也に対する抑えられない怒りがムクムクと湧いてくる。怒鳴り付けたい気持ちで龍也に目を遣る。

龍也は気まずそうにするどころか、なぜかニヤリと笑って優斗君に話しかけた。

……今度はなにを企んでいるの？　ハラハラしながら龍也の言葉を待つ。本当は待つ間もなく追い払いたいけど、優斗君の目の前でそれはできない。

龍也はもったいぶりながら言った。

「二ノ宮さん、こんな所でお会いするとは思いませんでした。今日は緑と待ち合わせですか?」

わざとらしすぎる! しかも、緑って……優斗君の前で馴れ馴れしく呼ばないでほしい。

「……え?」

優斗君も驚いた様子で、眉をひそめながら私を見る。

「あ、あの、優斗君……これは……」

なにか言わないといけないのに、うまい言葉が出てこない。

慌てる私を横目に、龍也が躊躇いもなくサラッと言った。

「緑がぼんやり立っていたから話しかけたんですよ。緑から聞いていると思いますが、俺たち付き合ってたんで」

「ち、ちょっと、龍也⁉」

信じられない! こんな嫌がらせ……人の幸せを壊してなにが楽しいんだろう。優斗君への嫉妬といい、なんでこんなに屈折してるのか。こんな人と付き合っていたなんて、過去の自分を殴り倒したくなる。

「緑とはホテルでケンカ別れしたきりだったけど、最近再会したんです」

「……ホテルで?」

優斗君の声が聞こえる。機嫌の悪そうな。そりゃあ、突然こんなわけのわからないことを言われたら不快に決まってる。そして、私は間違いなくふしだらな女と思われた。

終わった……。今までの努力が水の泡……。

もう、絶対に許せない……‼

私は龍也に向き直ると、山のような恨みを込めて睨み付けた。

失うものはもうなにもない。この怒り、龍也に叩き付けてやる！

掴みかかる勢いで龍也に詰め寄ろうとすると、横から腕が伸びてきて、強い力で止められた。

誰よ、邪魔するのは⁉ 勢いよく振り向くと、その腕は優斗くんのもので、険しい顔をした優斗君は静かな声を発した。

「緑さん、落ち着いて」

「……でも」

「少し下がっていて」

「……はい」

いつになく強い優斗君の言葉に、ドキリとして怒りもどこかに消え去った。

……優斗君？

なんだかいつもと雰囲気が違う気がする。不安になりながらも言われたとおり引き下がり、成り行きを見守る。

優斗君は龍也の前に立つと、落ち着き払った声で言った。

「神原さん。過去の緑さんとの関係について、軽々しく他人に話すのはよくないと思います」

諭すように言われ、龍也は屈辱を感じたのか顔を歪めた。

「今後、今のようなことは口にしないでください」

「プライベートなことについて、二ノ宮さんの指図を受けるつもりはありません」

苛立ったような龍也に、優斗君は、あっさりと言い龍也を黙らせた。

「そうですか。でも今のままでは神原さん自身の評価が下がるだけですよ」

優斗君はワナワナとする龍也に、冷めた視線を送りながら続けた。

「急いでいますので、俺たちはこれで失礼します」

そうして私の手をグイと引っぱると、スタスタとホテルの高層階用エレベーターに向かって歩き始めた。

夢の中にいるような気持ちで、優斗君について歩いた。

龍也があんなことを言ったのに、見捨てずにさらに龍也をたしなめてくれるなんて。なんて器の大きさ。龍也の百倍くらいの受け皿の広さ。

そして……なんて頼り甲斐のあるうしろ姿。

今まで、優斗君は争いは避けるタイプかと思っていたけど、あの龍也にもはっきりとものを言うなんて。

言う時は言うんだ……。なんだか、ますます好きになってしまった。こういうのを、惚れ直すって言うのかもしれない。

こうして引っぱってくれているということは、龍也の発言で怒ったわけじゃなさそうだし。もしかしたら今日、予定どおり告白できるかもしれない。そう思うと、自然と顔がニヤけた。

——と、突然、優斗君が立ち止まり振り返る。

私は笑顔でお礼を言おうとしたけれど、予想外に険しい優斗君の表情に言葉を飲みこんだ。

［優斗Side 3］

待ち合わせ場所のホテルには、約束の五分前に着いた。遠目からでも緑の姿を見つけられた。

背中を覆う髪に、白いスカートが揺れるのが見える。

今日も何分前から待っているのだろう。最近では少し前に着くようにしているけれど、それでもほとんど緑が先に待っている。

それなのに会えば、いつも笑顔で迎えてくれた。

けれど……今日は様子が違った。緑はひとりではなく、長身の男性となにか話しこんでいた。

機嫌悪そうに眉根を寄せ、男性を睨んでいる。ケンカを売っているとしか思えない態度に、慌てながら近付いていく。

緑は世間知らずではないから大丈夫だとは思うけど、時々予想外の行動をする。揉めごとにならないか心配だった。

緑に近付き声をかけた。緑はよほど驚いたのか、不思議なくらいうろたえていた。

それから、緑と同時に振り向いた男性に目を向けて、今度は優斗が驚く。見知った顔だった。

神原龍也。取引先の担当者で、何度か挨拶をしたことがある。偶然にも緑と知り合いだと言っていた。その彼が、なぜここにいるのだろうか。

「二ノ宮さん、こんな所でお会いするとは思いませんでした。今日は緑と待ち合わせですか？」

神原龍也は優斗がなにか言うより早く、話しかけてきた。

顔は笑っているけれど、なぜか敵意を感じる。それに、緑のことを呼び捨てにしていることも気になった。

ただの知人ではないのだろうか。弁解するような緑の様子からもふたりの関係は想像できた。

緑は神原龍也と……考えると不快になった。

「緑がぼんやり立っていたから話しかけたんですよ。緑から聞いていると思いますが、俺たち付き合ってたんで」

神原龍也の口からはっきり聞くと、さらに苛立ちが増していった。

自分よりも年上の緑に恋愛経験がないわけがない。その相手が神原龍也だとしても不思議はない。

「緑とはホテルでケンカ別れしたきりだったけど、最近再会したんです」

顔に出さないように努力しているのに、神原龍也はわざと言ってるのかさらに怒りを誘うようなことを言う。

優斗は、とにかく冷静になるには、神原龍也を遠ざけるのが先だと思った。今にも怒鳴り散らしそうな緑を止め、神原龍也を適当にあしらう。それから緑の手を引きその場から立ち去った。

早足で歩きながら、気持ちを落ち着かせようとする。でもできなかった。〝ホテルでケンカ〟なんて言われて、平常心でいられるほうがどうかしている。

そこまで考えて優斗はハッとした。今、苛立ち怒っているのは、嫉妬からくるものだと不意に気がつく。

神原に嫉妬？

優斗自身、すぐには信じられないことだったけれど、それは間違いようのない事実だった。

神原龍也が、緑と呼び捨てにするのを聞いてカッとなった。そして付き合っていたと聞いて、さらに怒りが込み上げる。

明らかに嫉妬の感情。嫉妬するということは、緑に対して独占欲を持っているということ。

ただの友人以上の気持ち……。優斗は気付いてしまった現実に動揺した。

まさか、今さらこんな気持ちになるなんて。

今まで緑と過ごした日々の想い出が浮かんでは消えていく。

初めは仕方なく付き合っていた。けれどいつの間にか、緑の明るさや逞しさに元気をもらっていた。

そして今では……側にいるのを当たり前に感じるようになっている。

優斗は立ち止まり、すぐうしろを付いてくる緑を振り返った。

さっきまでイライラと眉間にしわを寄せていた緑は、今はそんな面影は微塵もなく、幸せそうな笑みを浮かべていた。

夢のような

「優斗君？　どうしたの？」

まるで怒っているみたいな、鋭い目付きに怖気付きそうになった。龍也の言ったことを気にしてないから、帰らないで手を引いてくれたと思っていたけど、実は違ったんだろうか？

もしかして……すごく怒っているとか？　でも、優斗君が怒るわけがない気もする。

私の希望としては、この前見たドラマのヒロインの恋人のように、〝昔の男のことなんて忘れろ！　他の男に笑いかけるな〟なんて情熱的なセリフを言ってほしいところだけれど、百年待ったところでそんなセリフを聞けないことはよくわかってる。

それなのに怒っているということは……。

〝緑さん、いい加減、人前で騒ぎを起こすのはやめてくれないか？　彼はうちの会社の取引先の社員でもあるんだ、変なことに巻きこまないでくれ〟というようなことだろうと予想した。

ああ……楽しいデートが龍也のせいでとんでもないことに。

再び気持ちが沈んでいくのを感じていると、優斗君が珍しく緊張した様子で言った。

「緑さんに話がある」

私はすぐに頷いた。

「わかってるわ」

「え？　わかってたのか？」

優斗君は怪訝《けげん》な顔をした。

私は今度も迷うことなく頷いた。

「もうずいぶん優斗君のこと、見ているもの。　なにを言われるかなんて想像できる」

「そ、そうなのか？」

気まずそうな優斗君に私はフッと笑ってみせた。

「もう覚悟はできてるから遠慮なく言って」

「あ、ああ……でもなんか予想されていたと思うと言いにくいな」

「気にしないで大丈夫、こういうことは早く済ませたほうがいいから。それで話がまとまったら予定どおり食事に行きましょう」

「し、食事？　緑さんお腹が空いてるのか？　だったら食後落ち着いてから……」

「え？　それはちょっと……」

憂鬱なことは先に済ませておきたい。

まだ告白を諦めていない私としては、ロマンチックレストランには万全の態勢で臨みたいのだ。

「さあ、優斗君言って！」

思いきって言いたいことを言って、すっきりしてください。そしてさっきの出来事は記憶から抹消してほしい。

そう願いながら、優斗君をじっと見つめる。

優しい優斗君は困ったように視線を泳がせていたけれど、ついに決心したのか私をまっすぐ見て言った。

「いつの間にか緑さんのことを好きになってた」

……え？

「緑さん、聞いてる？」

優斗君は一点を見つめたまま、なにも答えない私に、気まずそうな顔をして言った。

「き、聞いていたはずなんだけど……なんだか……」

「なんだか、なに？」

「……私のこと、好きだって聞こえちゃって」

「そう言ったんだけど」

優斗君は真面目な顔で言う。

「そう言った?」

え……これは現実? 幻聴じゃない?

今まで数えきれないほど、かわされ、ふられ、期待しすぎてはへこむ結果で終わっているだけに、まったく現実味がない。

でも優斗君は、冗談だよと言うこともなく、笑い出すこともなく、真剣な顔で私を見つめている。

その様子に、だんだんと実感が湧いてきた。

優斗君が私を好きになった。

……両想いになった?

「う、嘘……」

思わずつぶやくと、優斗君は首をかしげた。

「嘘じゃないよ。緑さんもわかってたんだろ?」

わかってるわけがない! だって優斗君がそんなことを言ってくれる可能性なんて一パーセントもないと思ってたし、夜景を見ながら告白の計画も立ててたし……。

「信じられない……嬉しくて死んじゃいそう」

「は？　え……緑さん？」

込み上げる涙を止められなくて、子供のように泣いた。

優斗君を好きになってから今までの出来事が思い浮かんで……ついにこの想いが報われたと思うと嬉しすぎて……どうしても涙が止まらなかった。

優斗君が困ってるのがわかったけど、なかなか泣きやめなかった。

やっと落ち着くと、優斗君はホッとした様子で言った。

「大丈夫？」

私は頷きながら答える。

「大丈夫」

あまりに信じられない展開で大混乱してしまったけれど、もう大丈夫。さっきのシーンの続きはいつでもできる。

優斗君がもう一度好きだって言ってくれたら、私も大好きって答えて……それから、抱き合ったりもして、上手くいけば初めてのキスも……。

そんなことを期待でいっぱいになりながら考えてると、

「とりあえず、トイレに行ってきなよ」

耳を疑うような優斗君の言葉が聞こえてきた。

い、今なんて？　トイレって言わなかった？

この盛り上がっているはずの、愛の告白シーンにトイレ？

ブルブルと小さく首を横に振る私に気付くこともなく、

「そこにあるみたいだ」

と、優斗君はわざわざ指で差して教えてくれた。

「俺はそこで待ってるよ」

「あ、あの……」

優斗君はスタスタと、ロビーのソファに向かっていった。

え……どうしても私、トイレに行かないといけないの？

釈然としないながらも、仕方なく優斗君の案内してくれたトイレに入ることにした。

そして壁にかかる鏡を見た瞬間、心の中で大悲鳴を上げた。

ちょっと考えればわかるはずだった。気合いの念入りメイクをした状態でさんざん泣いたのだから。

マスカラが滲んで黒くなった目の周り。その中心のひどく浮腫んだ目。乱れて、静電気まで起きてしまっている髪の毛。

こ、こんな姿で優斗君とキスしたいと思ったなんて……。

トイレに行けって言われて当然だと思った。心底落ちこみながら、髪を整え、メイク直しをする。

でも今さら取り繕い、〝お待たせ〟なんて気取って出ていったところで、優斗君の記憶からこのひどい顔は消し去れない。

優斗君が好きだと言ってくれることなんて、二度とないかもしれないのに。

ああ、時間を戻したい。あの〝緑さんを好きになった〟って言われた瞬間に帰りたい。

なんとかおかしくない程度まで外見を整えると、私は神妙な面持ちで優斗君の待つロビーに向かった。

「あ、あの優斗君……」

緊張しながら近付いて声をかける。

「もう大丈夫？」

優斗君はいつもどおりの顔で、私の様子を確認するようにして言った。

なんだか……すごく冷静。さっきのあの出来事はやっぱり私の妄想？

そんなふうに思ってしまうほど、興奮してるのは私だけで、優斗君は本当にいつもどおりだった。

「あの……ごめんなさい。取り乱してしまって」

「いや、驚いたけど……でも俺のせいだから」

「え？」

「場所も考えずに突然話すようなことじゃなかった」

……やっぱり夢でも妄想でもなかった。

現実なんだ。

どうしよう……落ち着かなくちゃいけないとわかってるのに、嬉しくて舞い上がってしまう。だって私と優斗君は両想い。つまりは恋人同士になったってこと。

あの素敵なレストランに、優斗君の恋人として行けるなんて。

冷静さなんてどこかに行ってしまいそうだった。

そんな私とは対照的に、優斗君は腕時計に目を遣りながら、ものすごく落ち着いた声で言った。

「とりあえず移動しよう。どこかで食事もしたいだろ？」

「え？　移動って、レストランは？」

首をかしげる私に、優斗君は苦笑いを浮かべながら答えてくれた。

「予約の時間をだいぶ過ぎてしまったから今日は無理そうだ。さっき電話してみたけど席は空いてないって」

「……え？」

驚いて自分の腕時計を見ると、たしかに待ち合わせ時間から一時間が経っていた。

私……どれだけ泣いていたのだろう。自分では気付かなかったけど、優斗君は付き合うのかなり大変だっただろう。

「優斗君ごめんなさい、せっかく予約までしてくれてたのに、私のせいで……」

すっかり落ちこみながら言うと、優斗君は気にしないでいいよと言いながら立ち上がった。

「行こう。緑さんお腹空いただろ？」

「え、そんなことは……」

さすがの私もこの状況では食べ物のことまで気が回らない。それでも優斗君が歩き出したので後を付いていく。

なんだかさっきから浮き沈みが激しい。

喜んだり、落ちこんだり。

でも優斗君は、情緒安定しまくりで。

本当に両想いになったのだろうか？　そんな疑問を持ちながらホテルを出た。

居酒屋に入ってからも、優斗君は普段となんら変わりはなかった。

料理を頼み、お酒を飲んで近況報告。さらに不思議そうに私を見ながら言う。

「緑さん、今日は少食だな」

そりゃあそうに決まってる。私は不完全燃焼になってしまったさっきの出来事が気になって気になって仕方ないのに。

それでもなんとなく言い出せずに、結局食事は終わってしまった。

夜の街を優斗君と駅に向かって歩く。ゆっくり歩いても、もう着いてしまう。このお預けを食らったような状況に、ついに耐えられなくなった私は、立ち止まり優斗君に思いきって切り出した。

「優斗君！」

力を入れすぎたせいか大きな声が出てしまった。優斗君がびっくりして振り向く。

「あの、さっきの話なんだけど……その、私のこと好きだって言ってくれたでしょ？」

「ああ」

優斗君はあっさりと頷く。

「それで……そのことでいろいろ話したくて……」

私たちは両想いで恋人同士になったんだと、確認したかった。優斗君の口から聞きたい。今のままじゃ不安すぎる。

私の必死の訴えに、優斗君は少し驚いた顔をしながらも頷いてくれた。

「俺もちゃんと話したくて、少し寄り道していかないかって言おうと思ってたんだ」

「え?」

「そこの公園で話さないか?」

優斗君が目を向けたのは、広々とした公園。

大きな池や沢山のベンチもあって、夜でも人通りは少なくない。よく恋人同士と思われる男女が歩いているのを見たことがあった。

「時間、大丈夫?」

「あ、もちろん大丈夫」

私がそう言うと、優斗君は公園に向かって歩き出した。鼓動が速くなるのを感じながら、小走りに優斗君の後を追う。

公園の中は思ったとおり、数組の恋人たちの姿が見える。

私たちも傍《はた》から見たら、仲のいい恋人同士に見えるのだろうか。そんなことを考えてると、優斗君に呼ばれ、池の近くのベンチに腰掛けた。

「たまにはこういう所で、静かに過ごすのもいいな」

「うん……風が気持ちいい」

そうしてしばらくゆっくりとして、私が落ち着いたのを確認すると、優斗君は穏やかな口調で話し始めた。

「さっきはちゃんと最後まで話せなかったけど、俺は緑さんのことが好きだよ。さっき神原さんといるところを見て、はっきりと自覚した」

今度こそ返事をしないといけないのに、緊張しすぎて声が出ない。

「本当はもっと前から好きだったのかもしれないけど、最近は一緒にいることが当たり前に思えて、深く考えていなかった」

「わ、私は……」

「ごめん、緑さんの気持ちは聞いていたんだから、もっと早くちゃんと考えるべきだったのに」

優斗君に見つめられて、そう言われ、もう泣かないと決めていたのに涙が溢れてくるのを止められなかった。

「私は、ずっと優斗君が好きで、他の人なんて考えられなくて……だから今、本当に嬉しい」

優斗君を見つめながら、もう何度目かもわからない告白をした。

「優斗君と友達になれて嬉しかったけど、本当は恋人同士になりたかった」

震える声でそう言うと、優斗君は優しく笑いながら私に腕を伸ばしてきた。優斗君の腕はそのまま私の背中に回り、そっと抱き締めてくれた。

もう言葉も出てこない。

でも……今日、私は優斗君の彼女になったんだ。

ようやく叶った願いと、ずっと求めていた温もりに胸がいっぱいになる。

夢の中にいるような気持ちで、優斗君の背中に腕を回す。

「緑さん」

頭上から呼びかけられて顔を上げると、優斗君の顔が近付いてきて、そっと唇が触れ合った。

恋人同士

翌朝は、最高に爽やかな気分で出勤した。

「おはよう」

事務所の扉を開きながら、すでに来ていた鈴香に張りきって挨拶をする。

「おはよう……え？」

鈴香は怠《だる》そうな動きで振り返り、私の顔を見た瞬間ぎょっとした。

「どうしたの？　顔がものすごく腫れてるけど……泣いたの？」

鈴香は心配そうな顔をして、近付いてきた。

「もしかして……ついにふられた？」

鈴香にしては珍しく、歯切れ悪く言う。そんな鈴香に、私はフッと笑ってみせた。

今までは言われっ放しの私だったけれど、今日からは違う。

「なに、その不気味な笑い……」

そんなセリフも気にならない。だって、私は……。

「実はね、優斗君と付き合うことになったの！」

ニヤニヤしそうになるのを堪えながら言うと、鈴香は、ええっ！と奇声を上げた。

「ど、どうして⁉」

鈴香は大きく目を見開いた。

予想していた以上に驚かれ、微妙な気持ちになりながら答える。

「それは、優斗君が私のこと好きになったから……いつの間にか両想いってやつよ」

話しているうちに我慢できなくなり、笑いが漏れる。もう楽しくて幸せで仕方ない。

思いきりノロケたくなる。

「優斗君ね、気付いたのは昨日だけど、よく考えたら前から好きだったかもしれないって……私のさりげないアピールが通じてたってこと」

得意げに言うと鈴香は首をかしげた。

「刷りこみってこと？」

「……私の大きな愛が、優斗君に伝わったってこと」

「まあ……たしかに異様に大きな愛だよね。でもどうして、昨日急に緑のこと好きだって気付いたの？」

「え？　それは……」

優斗君は、龍也といるところを見て気が付いたと言っていた。あんな龍也も、今回のことに関しては役に立ってくれたということだ。

次に会ったら罵倒しようかと思っていたけど、やめておこう。

「緑？」

不思議そうな顔をする鈴香に、私は昨夜の出来事をニヤニヤしながら話して聞かせた。


「そっか、よかったね」

「うん、本当に。もう最高の気分だわ」

「正直、上手くいくとは思ってなかった。でも願えば叶うものなんだね」

鈴香はしみじみと言う。その言葉に、また喜びが湧いてきた。

願いが叶ったと実感すると、気持ちは舞い上がっていく。でも、いつまでも浮かれていられない。

もっと喜びを訴えたいのを我慢して、仕事の準備を始めた。その様子を眺めていた鈴香が、なにげなく言った。

「今日はデートなの？」

「え？　今日は会う約束してないけど」

メールのチェックをしながら答えると、鈴香もゴソゴソと作業をしながら言った。

「じゃあ、初デートはいつ？」

「初デート？」

「そう。恋人になって初めてのデート」

そういえば……次に会う約束していない。昨日は夢のような出来事ばかりで、ぼんやりしていて、デートの約束まで気が回らなかった。

「緑？」

「あっ……次の予定はまだ決めてないの。でも優斗君から連絡が来ると思うから、その時決めるわ」

そう、優斗君とは恋人同士になったんだし今までとは違う。きっと夜に連絡をくれるはず。そうしたら、デートの約束をしよう。

「緑、よかったね。想いが通じて」

幸せな未来を信じながら、鈴香の言葉に笑顔で頷いた。

夜には連絡をくれるはず……と思っていたけれど、夜の十時を過ぎても優斗君からの電話はなかった。

……どうしたんだろう。

気になりながらシャワーを浴びて、部屋に戻りすぐに着信を確認したけれど、やっぱり優斗君からは何の音沙汰もない。

もしかして、連絡してくる気はないってこと？　考えてみれば、優斗君は連絡するとは言ってない。ただ私が勝手に連絡してきてくれると思いこんでいただけ。だって恋人になったんだから、あまり熱くならない優斗君だってそれなりに積極的になってくれると思ってしまった。少しは盛り上がってほしい願望というか……。

どうしよう。理想としては、優斗君から電話してきてほしいけど、でも待っていても来ない気がしてきた。

結局、今日もいつもどおり自分からかけてしまう。数回のコールで優斗君が出た。

『はい』

少し硬い声。どうしたんだろう。

「優斗君、今、電話して大丈夫？」

一応そう聞いてみると、優斗君は声をひそめながら言った。

『ごめん、まだ会社なんだ』

「えっ？　こんな時間まで？」

咄嗟に壁の時計を見ると、十一時を回っていた。

「だ、大丈夫？」

優斗君の身体が心配になった。

『トラブルがあって、今、対応してるんだ』

「そう……ごめんなさい、忙しい時に電話しちゃって」

『いや大丈夫、落ち着いたらかけ直すよ』

「……わかった、待ってるから」

優斗君は、ああと言って電話を切ってしまった。

通話時間、約一分。

業務連絡より短いかも。がっかりしながら、ソファにドサリと座った。

せっかく両想いになれたのに、ろくに会話もできないなんて……寂しすぎる。

でも、優斗君は仕事をしてるんだから文句は言えない。またかけるとも言ってくれたんだし。

「……はあ」

そう頭で思っても溜息が漏れた。きっと浮かれすぎて期待しすぎてしまってるんだ。

優斗君も私と同じくらい盛り上がって、愛情を向けてほしいと願ってしまう。

自分勝手な願いだとはわかっているんだけど。

モヤモヤした気持ちで電話を待っていたけれど、結局その夜、優斗君からの連絡はなかった。


さすがに落ちこんでしまうのを止められなかった。仕事が忙しいのかもしれないけど、メールひとつないなんて。

昨日のはしゃぎっぷりが嘘のように、ノロノロと出勤準備をする。

たかが電話がないくらいで、こんなにウジウジするなんて、自分でもどうかしてると思う。

今までは彼からの連絡が数日なくたって、大して気にしなかった。おかげで、龍也にはいつの間にか二股かけられていたんだけど。優斗君が相手だと、毎日でも会いたいし声を聞きたくなる。

私も重苦しい女になってしまったな。相変わらず鳴らない携帯をバッグにしまいマンションを出た。


「おはよう」

「おはよう……なんか、今日は暗い？」

重い足取りで出社した私の顔を、鈴香が覗きこむ。

「そう見える？」

「うん、もしかして早くも別れたとか？」

「は？　冗談でもやめてよ」

縁起でもないこと言わないでほしい。付き合った翌日にふられるなんて、そんなハイスピード記録作りたくない。

「じゃあなんで元気ないの？」

「別に優斗君となにかあったわけじゃないけどね……ただ付き合った後の悩みに気付いてしまったというか……」

「は？」

「温度差がね……大幅にありすぎて」

鈴香にそれだけ言うと、私は今日の予定をこなすため、仕事に取りかかった。

今日こそ、優斗君とちゃんと話したいと思いながら――。

帰宅して、簡単な料理をしていると部屋の電話が鳴った。

優斗君⁉　すぐに受話器を取り、電話に出る。

「もしもしっ！」

張りきりすぎて上擦った声が出てしまう。

電話の相手は一瞬黙ってから、低く機嫌の悪そうな声を出した。

『なんだ、その出方は……』

「なにか用？」

私の負けないくらい不機嫌な声に、兄は動揺したような声を出した。

『な、なにか用って……それが久しぶりに電話してきた兄に言うセリフか？』

「だって、タイミングが悪いんだもの」

優斗君かと思ったら兄だったという、この落差。

「それでなんの用？」

もう一度言うと、兄はブツブツ文句を言ってから話を切り出してきた。

『お前、二ノ宮優斗と会ってるのか？』

「えっ、なんで？」

『ウワサが流れてる』

ウワサの出所は龍也に違いないとウンザリしてると、兄がやけに厳しい声を出した。

『どういうことだ？』

「どういうって……」

『彼とは破談になってから会ってないはずじゃなかったのか？』

兄はしつこく食いついてくる。

なかなか電話を切りそうになかった。

面倒に感じながら、でもちょうどいい機会かもしれないと思った。

「言ってなかったけど、優斗君とは付き合ってるの」

昨日からだけど。

『つ、付き合ってる？　つまりは結婚も考えてるってことか⁉』

「えっ⁉　結婚だなんて……気が早いこと言わないでよ」

兄にはそう言ったけれど、私としてはとっくに嫁に行く覚悟はできている。優斗君がその気になってくれたら明日にだって……。

もう何度も想像した、優斗君との暮らしを思い浮かべていると、兄の声が聞こえてきて現実に戻された。

『結婚なんて許さないからな！』

「は……なんでよ？」

『彼は一度婚約破棄してお前に恥をかかせてるんだぞ、忘れたのか⁉』

そんなこと、もう遠い昔の出来事に思える。

『お前だって怒って彼を責めてたじゃないか。絶対に許さない！とか脅してただろ？』

「えっ！」

私……そんなこと言った？

記憶を探るとたしかに言ったような覚えがうっすらとある。鬼の形相で優斗君を責め立てた。

私ったら……なんてことを。

過去に戻って、そんな口をきいた自分を殴り飛ばしたい。

『緑？』

「……あの時は突然のことで錯乱してたの。あれは悲しみのあまりの言動よ」

『悲しみって、あれがか？』

「とにかく、もう過去のことだからいいでしょ？　自分だって優斗君の会社と何事もなかったように取引してるじゃない」

納得していない様子の兄に、まくし立てた。

『取引してるのは二ノ宮優斗の会社じゃない、九条グループだ！』

「同じことじゃない！　そんなに嫌なら優斗君が事業部長をやってる会社と取引しなければいいじゃない」

『そんなことをしたら、うちの会社が潰れる』

兄は堂々とはっきりと言いきった。その態度に私が呆れ果てていると、兄は打って変わってしんみりとした口調で言った。

『……とにかく、お前がまた彼に騙されて傷付けられないか心配なんだ』

「え……」

『お前は大事な妹だ。幸せになってほしいんだよ』

思いがけない兄の言葉に、私もしんみりとした気持ちになった。普段、言い争いをしてばかりだけど、やっぱり兄妹の絆は強くて確かだと思った。

「お兄ちゃん……」

感傷的になって、思わず昔みたいに呼びかけていた。

『緑……』

「今度ゆっくり実家に帰るわ」

『ああ、いつでも帰ってこい。お前の家なんだから』

「うん、ありがとう」

久しぶりに兄とこんなふうに話せた。やっぱり兄妹っていいものだ。

そう思った瞬間、

『だが、二ノ宮優斗とのことは認めないからな！』

と、兄が再び頑固に言い放つ。

「は？　認めないってなに？」

あっさりと険悪な空気に戻り、私は苛立った声を上げた。

『あいつを妹の夫とは認められない。一度ふっておきながら、また言い寄ってくるなんて、とんでもない男だ』

「ちょっと、優斗君のこと悪く言わないでよ！　それに言い寄ったのは私だし！」

『な、なに言って……』

「本当のことだから！」

『お、お前……なにをやってるんだ？　ひとり暮らしを始めたのは二ノ宮優斗を呼ぶためか⁉』

……そういえば優斗君がこの部屋に来たことはなかった。今度、来てほしいと言ってみようか。

『おい、聞いてるのか⁉』

「……聞いてるけど、でも気は変わらないから。私はもう自立した大人なんだから、結婚も誰と付き合うかも自分で決めるわ」

『大人だろうが俺の妹に変わりない！　反対するのは家族の権利だ』

……本当に頑固で嫌になる。

「私のことなら心配しなくて大丈夫。もう二十七なのよ、なにかあったって自分で解決できるわ」

『もう二十七なのにいまだに独身で、婚約破棄された男に言い寄るなんて……』

「もういいから！　じゃあね」

話してもムダだと思い、私は兄の言葉を聞かずに電話を切った。

受話器を置くと、溜息が漏れた。

せっかく優斗君と付き合えたのにこんな障害が……。まあ、どんなに反対されたって私は優斗君以外考えられないし、別れる気なんて微塵もないんだけど。

問題は優斗君の気持ちだった。兄が反対してるなんて知ったら、〝やっぱり俺たちは別れたほうがいいかもしれない〟なんて真顔で言い出しそうで怖い。

好きって言ってもらえたけど、家族の反対を押しきって一緒になろうって気持ちが優斗君にあるとは、残念ながら思えない。

兄のことは優斗君には絶対に内緒にしなくては。そう決心しながらキッチンに戻り、料理の続きをする。

肉を焼いている間も、優斗君のことが気になって仕方なかった。

昨日、落ち着いたら電話するって言ってたけど、それっていつごろになるのだろう。聞いた時は、すぐに電話をくれると思ったけど、もしかしたら今抱えている仕事が落ち着いたらって意味かもしれない。

そうなると今日も明日も連絡はないかもしれない。仕事で忙しいって言われてしまったら、私からは連絡しづらい。

でも……このままでは欲求不満で爆発してしまいそうだった。

ヤケ食いして、シャワーを浴びて、寝る準備を完璧に整えても連絡はなく、がっかりしながら眠りについた。

その後も優斗君からの連絡はなかった。たまりかねて一度メールをしてみると返信は来たけれど、相変わらず忙しいとのことだった。

「あーあー」

顧客との打ち合わせを終えて事務所に帰った私は、力尽きて机に突っ伏した。

「ど、どうしたの？」

思いがけずに鈴香の声が聞こえてきて、私はビクッと体を起こした。

「い、いたの？」

「いたけど？　緑が帰ってきた時からここに」

「気配消してたでしょ？　気付かなかった」

「いや、消せないと思うけど……それよりどうしたの？　その豪快な溜息」

鈴香は私の隣に椅子を持ってきながら言った。完全に聞く態勢に入ってる。

「……優斗君の仕事が忙しくて、あまり会えないの」

なんとなく一度も会ってないとは言いづらかった。妙な見栄を張ってしまう。

「仕事なら仕方ないね。彼は責任ある立場だろうから仕事も多いし、適当なことはできないでしょう」

「まあ、そうだけど」

「デートだからって浮かれて仕事を疎かにする男よりずっといいと思うけど」

「まあ……そうだけど」

「なにがそんなに不満なの？」

「不満っていうか……タイミングが悪いと思って。付き合い始めなんだし、もうちょっと盛り上がりたいでしょ？　でもなかなか会えないから」

「ああ……寂しいってことか」

端的に言えばそうなんだけど。でも気持ちとしてはそんな簡単なものじゃない。

優斗君に会えなくて寂しい。声が聞けなくて寂しい。気持ちの温度差があって寂しい。付き合ってるのに、私ばかりが好きで寂しい。

もう、寂しい要素が満載すぎてストレスが溜まってしまう。

「電話くらいはしてみてもいいんじゃない？　一応彼女なんだし」

一応って……。でも彼女って響きに少し感激してしまった。

「落ち着いたら電話するって言われてるから」

「そんなこと言って待ってたらいつまでも連絡来ないんじゃない？　彼、ドライな感じだし。少しくらいはワガママ言ってもいいんじゃないかな、彼女なんだし」

「そ、そう？　……そうよね、彼女なんだし」

「今日、電話してみれば？」

「……そうしようかな」

鈴香と話していると気が楽になった。うしろ向きだった気持ちが、前向きに変わっていく。

考えてみれば電話するくらいでなにをこんなに悩んでたんだろう。声が聞きたかったって素直に言って、ほんの一瞬でも話せればきっと憂鬱も吹き飛ぶ。優斗君だって、邪険にすることはないはず。

すっかり元気になって、力が湧いてくる。張りきって仕事に取りかかろうとすると、鈴香が言った。

「仕事ってことは、例の相談女もいるってことだからあまり放置しないほうがいいんじゃない？　しつこくなりすぎない程度に連絡は取り合ったほうがいいかも」

「え？」

「どうしたの？」

「……なんでもない」

私としたことが相談女、吉沢留美のことをすっかり忘れていた。

今日、優斗君にそれとなく聞いてみよう。

夜、十時過ぎに、少し緊張しながら優斗君に電話をしてみた。数回のコールで優斗君は出た。

『はい』

なんだか声に力がない。

「優斗君？　あの、今話せる？」

『少しなら。まだ会社なんだ』

「そうなの？　まだ問題があるの？」

『ああ。移動するからちょっと待ってて』

優斗君がそう言うと、それきり静かになってしまった。人のいないところに移ってるのか、なかなか優斗君の声は聞こえてこない。

それでもじっと待ってると、ようやく優斗君の声が聞こえてきた。

『ごめん。さっきは会議室にいたんだ。自分の席に戻ってきた』

「そう……ごめんなさい、忙しいのに」

『いいよ。なにかあった？』

優斗君の席ってどんな感じなのだろう。気になったけれど、今はそんな話に時間は使えない。

「あの、急用があったわけじゃないんだけど、ここのところ連絡を取り合ってなかったからどうしてるのか気になって」

『ああ、そうだね。なかなか連絡できなくてごめん』

優斗君は穏やかに言った。久しぶりに声を聞けて、迷惑そうにもされなくて、安心と喜びでいっぱいになる。

「それは大丈夫なんだけど、優斗君疲れてるでしょ？　身体は大丈夫？」

『大丈夫だよ。もう少しで落ち着くから、そしたら食事でも行こうか？』

「本当に？」

まさか、今日デートに誘ってもらえるとは思ってなかった。

『この前行けなかったレストランに行こう』

「う、嬉しい！　楽しみにしてるから」

ああ、なんて幸せなんだろう。今日、電話してよかった。心配していたけど優斗君は優しい。忙しいのに私にも気を遣ってくれている。私も寂しいとかあまりワガママを言ったらいけない。優斗君をもっと信じて、落ち着いて待とう。

そう思っていると、

『部長、お話し中すみません』

と、若い女性の声が聞こえてきた。

『どうかした？』

優斗君の声が続いた後、通話口を押さえられているのか何も聞こえなくなった。今の声……誰？　会社の女性なのは確かだけど、もしかして吉沢留美？

声だけじゃ判別できないけど、直感で吉沢留美のような気がした。

彼女はこんな時間まで優斗君の側にいるんだ……しかも電話中なのに割りこんできて。不快感が生まれ広がっていく。

落ち着かない気持ちで待っていると、ようやく優斗君の声が聞こえてきた。

『緑さん、待たせてごめん』

「あ、いいの。仕事中だってわかってるから」

『ごめん。そろそろ戻るよ』

「わかった」

『じゃ、また今度』

優斗君はそう言って電話を切ろうとした。それを、思わず引き止めて聞いてしまった。

「待って、優斗君、今の女性は吉沢留美さん？」

『そうだけど』

優斗君はあっさり認めた。

『じゃあ緑さん、そろそろ切るよ』

「あっ、あの優斗君、吉沢さんとは本当に何もないのよね？」

言ってはいけないとわかっているのに、つい口にしてしまった。

そして言った瞬間、後悔した。こんな嫉妬心むき出しの発言をしたら、優斗君に呆れられてしまう！

『緑さん、疑ってるのか？』

予想どおり、優斗君は少しムッとした声になった。

「あ、あの、そういうわけじゃ……優斗君を疑ってたわけじゃ……」

ああ、こんなはずじゃなかった。疑ってるわけじゃなくて、心配だっただけなのに。

『緑さん、本当に仕事してるだけだから。もう切るよ』

「えっ？　あの……」

優斗君はそっけなく言って電話を切ってしまった。

……さっきまでは、すごくいい雰囲気だったのに。

子供っぽい嫉妬をしたせいだ。あんなこと、言わなければよかった。今さらどうすることもできないけど、後悔で眠れないほどだった。

立ち直れないまま数日が過ぎた。

優斗君からの連絡は相変わらずないし、私からもできなかった。結局、両想いになった日から半月も会っていない。なんだかこのまま自然消滅してしまいそうな雰囲気だった。もちろんそんなこと絶対に避けたいけれど、この前の優斗君のそっけない声を思い出すと、なかなか思いきった行動が取れない。

鈴香を苛つかせるほど、どんよりとした数日を過ごして我慢の限界に達した日、ついに優斗君から電話がきた。

待ちに待った電話なのに、取るのが怖かった。

優斗君がまだ怒っていたらどうしよう。

「……もしもし」

恐る恐る電話に出ると、優斗君の穏やかな声が聞こえてきた。

『緑さん、今話せるか？』

とくに怒った様子もない、普段どおりの優斗君に心からホッとした。同時にやっと話せることの喜びが広がっていく。

「だ、大丈夫！」

張りきって答えると、優斗君が話し出した。

『仕事がようやく落ち着いたんだ』

「えっ、本当に？」

『ああ、なかなか連絡できなくてごめん』

「そ、そんな、気にしないで」

優斗君に優しく言われると、悩んで鬱々としていた半月間の苦しみなんて吹き飛んでしまう。

少しでも気にしてくれていたんだと思うと、嬉しくて仕方なかった。

喜びに感無量になっていると、優斗君の声が聞こえてきた。

『今度の日曜日、会えないか？』

「えっ⁉」

『予定があるなら、来週でもいいけど』

「え……な、ない。予定なんてまったくないから！」

来週まで待つなんて、冗談じゃない。こっちは優斗君に会えない欲求不満でもう限界なのに。

『じゃあ今度の日曜に』

「わかったわ。また優斗君の家に遊びに行っていいの？」

『いや、たまにはふたりで出かけよう。そう何度も家で母さんと一緒じゃ緑さんもつまらないだろう？』

そんなことないけど……私は優斗君と会えたら幸せだけど。
でも、優斗君の口から「ふたりで出かけよう」なんてセリフが出るなんて！
もうどこまでも舞い上がっていきそうな気分だった。
『日曜日、迎えにいくから』
「む、迎えに？」
まさかそんなサービスまでしてもらえるとは。幸せすぎて怖いくらいだった。

ふたりの違い

日曜日、最高にウキウキしながら支度を整えた。

具体的にどこに行くかは話してないけれど、お洒落な店に行ってもはずかしくないように、シックなワンピースにした。

優斗君は約束の時間より、少し早く来てくれた。部屋を飛び出してエントランスに行くと、笑顔の優斗君が待っていた。

白いシャツが爽やかで、なんだかますます好きになってしまう。

「優斗君、お待たせ」

「少し早かったけど、大丈夫だった？」

「大丈夫、気にしないで」

なにしろ一時間以上前から準備万端だったから、なんの問題もない。むしろ早く会えて嬉しい。

「緑さん、どこか行きたいところは？」

「えっ？　私はどこでも……」

いい、と言いかけてハッとした。

以前どこかで読んだ雑誌に、デートの行き先を男任せにする女はつまらないと書いてあった。

当時は、そんなこと言う男なんて、こっちが願い下げだと思ったけれど……優斗君を前にして、そんな強気な私は今いない。

なにか言わなくちゃ……優斗君も楽しめる、お洒落でセンスのいい大人な雰囲気の行き先を……。

さんざん悩んだくせに、口から出たセリフは、自分でもびっくりする平凡なものだった。

「え、映画とか？」

「映画か……」

優斗君もまったく感動なくつぶやいた。

そりゃあ、なんのひねりもない、誰もが普通に行くところだし。こんなことなら、昨夜のうちから考えておけばよかった。

優斗君と出かけられることが嬉しくて、行き先なんてどこでもいいと思ってしまっていた。

ガックリする私に、優斗君は優しく微笑みながら言った。

「行こう」

そして、なんと自分から手を繋いできてくれた。

「ゆ、優斗君……」

へこんだ気持ちは一気に消え去り、そのまま優斗君に抱き付きたくなる。

なんとか我慢して、駅までの道をふたりで仲よく歩いていった。

デートは最高だった。よくない提案だと思った映画もおもしろかったし、一緒にポップコーンを食べたのも幸せだった。

その後、お茶をして街をウロウロして……ごく普通のデートだったけど、私にとってはもう一生忘れられないくらい、本当に楽しかった。

夕方になり、日が落ちてくると優斗君が言った。

「夕食に例のレストランを予約したんだ」

「えっ？　本当に？」

「緑さん、行きたがってただろ？」

「そうだけど……」

優斗君が私のためにわざわざ予約してくれたなんて。本当に恋人同士になったんだって実感して、感動で涙が溢れそう。

「行こうか。お腹空いただろ？」

「うん」

私たちは、もう当たり前のように手を繋いだ。


ホテルに着くと、まっすぐエレベーターに向かった。

龍也に絡まれてイライラしたけれど、結果優斗君と付き合えた、本当に思い出深い場所。今日は龍也もいないだろうし、邪魔は入らない。もし入ったとしても、今の私と優斗君の間には誰も入れない……とは言いきれないけど、今日のデートでずっと距離が縮んだ気がする。

もう片想いとは違う。もう少し自信を持たないといけない。この前みたいに、嫉妬して失敗しないためにも優斗君との関係に自信を持てるようにがんばらなくては。

そんなことを考えながら、優斗君に必要以上にくっついてレストランに向かう。やめてくれって振り払われることもない。

ああ、幸せ。

これから素敵なレストランで食事だと思うと、さらに嬉しい。お腹も空いてきたし。

あと、少しでレストランに着くかというところで、

「緑!」

と、荒々しい声で呼び止められた。

こ、この声は……。嫌な予感に身体が強張る。

優斗君が足を止めたので、私も立ち止まることになってしまう。

ああ、今すぐ優斗君を引っぱって駆けていきたい。それか優斗君にどこかへ攫《さら》ってもらいたい。そんな願いが叶うわけもなく、優斗君の動揺した声が聞こえてきた。

「栖川さん……」

……もうごまかしようがない。

様々な感情が込み上げる中、ゆっくりと振り返った。視線の先には、勢いよく近付いてくる兄。

その兄に小走りに追ってくる茜さんの姿があった。

「緑! こんな所でなにをしてるんだ!?」

私は怒りも顕《あら》わに兄を睨み付けた。なにをしているかなんて見たらわかるだろうに、それをわざわざぶち壊しにくるなんて許せない!

「ふたりと同じことだけど!」

茜さんに一瞬目を遣りながら言うと、兄は顔を強張らせた。

「同じってお前……」

兄はやけに動揺したようで、手がプルプルと震えている。

……なんでここまで興奮しているのか。

疑問に思ったけれど、すぐにここがホテルだということに気が付いた。もしかしたら兄たちは今日は泊まりなのかもしれない。

意外にやることやってるんだと思いながら、嫌みったらしく言った。

「食事に来たのがそんなにいけないこと？　それともふたりは違う目的で来たの？」

予想は当たったようで、兄はかなり気まずそうな顔になった。

この勢いで追い払おう！　そう思いたたみかけようとした。

「緑さん、待って」

なぜか優斗君に止められてしまった。

優斗君は私を制して、兄に向き合った。

「ゆ、優斗君？」

いったい、なにを言う気なんだろう。心配のあまりオロオロする私とは正反対に、落ち着き払った態度で兄に話しかけた。

「栖川さん、お久しぶりです」

そう言って頭を下げる。対して兄は異様に偉そうな態度で、優斗君を見下ろすように顎《あご》を上げた。まさに上から目線。

「たしかに久しぶりですね。婚約破棄の話し合いをして以来ですから」

その態度と、嫌みったらしい口調に、私の苛立ちは最高潮まで上り詰めた。私が夜も眠れないくらい楽しみにしていたデートの邪魔をしただけでなく、優斗君にこんな攻撃的な態度を取るなんて。

もう我慢できない。

思いっきり文句を言おうと、口を大きく開く。

けれど、それより先に、兄が鬼の形相で優斗君に詰め寄った。

「二ノ宮さん、これはどういうことですか？　緑とは婚約破棄したはずなのに、なぜこんな所にふたりでいるのですか？」

優斗君は動揺したように一歩後ずさる。

……この状況……マズすぎる！

「ちょっと！　いきなりなに言ってるの⁉　どういうことですかとか白々しく言わないでよ、この前話したでしょ？」

兄以上の勢いで言い放つ。

「み、緑……」

「優斗君には私から近付いたの！　だからもう放っておいて！」

「ほ、放っておけるわけがないだろ⁉」

兄はさっきまでの勢いを失いながらも、まだ文句を言ってくる。

完全に兄妹ゲンカを始めた私たちの間に優斗君が割りこんできた。

「栖川さん、緑さんとのことで挨拶に伺わなくて申しわけありませんでした。栖川さんが不快に思うのも当然です」

「ゆ、優斗君……」

そんなに下手に出なくてもいいのに。焦る私の前で、兄は当然って調子で頷いた。

「本当に。あんなことがあったのに、まさか付き合ってるとは……」

ああ、なんて嫌みな言い方。早く茜さんと食事なり部屋なり行けばいいのに。優斗君は真面目だから、深刻に考えてしまうかもしれない。不安になって優斗君を見ると、予想どおり。険しい表情をして、なにか考えこんでいた。

こ、この後の展開に覚えが……。

「たしかにこんなふうに付き合うのはよくなかったですね」

やっぱり……以前妄想したとおりの展開だ。

「そうですね、はっきり言って不快です」

いい加減黙ってほしい。爆発しそうになる私の前で、兄のうしろに控えていた茜さんが窘《たしな》めるような口調で言った。

「ねえ、今そんなこと言わなくても……場所を考えてよ」

「茜は口を出すな」

せっかく気を遣ってくれた茜さんに、兄は偉そうに言った。こんな、今時珍しい頑固な兄のどこがいいのだろう。

そんなことを考えていると、

「栖川さん、今日は失礼しますが後日正式に挨拶に伺います。ここでは周りの迷惑になるので」

優斗君は淡々とした口調で言った。相変わらず、私とは違って落ち着いた態度だった。

兄は納得はしていない様子だったけれど、周囲の視線に気付いたのか渋々と頷いた。

それから私に目を向けると「早く帰るんだぞ」なんて余計なことを言ってきた。大きなお世話だと言おうとした私より早く、優斗君が頭を下げて言った。

「失礼します。緑さん行こう」

「え、ええ」

兄に言いたいことは山のようにあったけど、優斗君の側を離れるわけにはいかない。兄に恨みの視線を送ってから、歩き出した優斗君の背中を追った。

優斗君の横に並ぶとすぐに言った。

「ごめんなさい。兄がひどいことを言って」

優斗君が気を悪くして、私との付き合いが嫌になったんじゃないかと思うと心配で仕方なかった。

「緑さんが謝る必要はないよ。栖川さんが怒るのも無理はない」

穏やかな表情でそう言って、「時間に遅れるから行こう」と私の手を握った。

だけど、やっぱり私たちの間に流れる空気は昼間とは変わっていた。


楽しみにしていたレストランだったけれど、私の気分は浮かなかった。

そして、それは優斗君も同じに見えた。兄のことでなにか言ってくることはないけれど、笑顔は少ないし食欲もないようだった。

今、なにを考えているのだろう？　表情からは読み取れないけど……まさか本当に別れを考えてる？

そんなことないって信じたいけど、さっきの優斗君の言葉が気にかかった。

『たしかにこんなふうに付き合うのはよくなかったですね』

優斗君は悪くないのに兄が責め立てたせいで、なにか考えこんでしまった。

どこか上の空にも見える彼に、私は耐えかねて話を切り出した。

「あの……兄の言ったことは本当に気にしないでね。兄には私からちゃんと話しておくから」

すると、優斗君は少し困った顔をしながら言った。

「そういうわけにはいかないよ。栖川さんの言い分はわかるんだ。婚約直前までいきながら一方的に断ったのは本当のことだし、信用されないのは無理もない。また同じことがあったらと心配なんだろう」

「そうだとしても、私はもう大人だし、自分のことは自分で決めるわ。もしもこの先、傷付くことがあったとしても自己責任だと思ってる。心配してくれてるのだとしても、強要はされたくない」

「……緑さんが自立してるのは知ってる。でも、栖川さんと仲違《なかたが》いするのはよくない」

優斗君の言葉は、まるで別れの言葉のように感じる。

不安でいっぱいになりながら、優斗君に訴えた。

「今日、優斗君と一緒にいられて本当に楽しかったし、幸せだった。この先も一緒にいたいの。だからさっきのことは気にしないで、もう兄にあんなこと言わないように言うから！」

精一杯の想いを込めて言ったけれど、優斗君はどこか寂しそうに微笑んだだけだった。

そ、その顔はまさか……。

嫌な予感に身体が凍り付きそうになる。

不安でどうかしそうな私に、優斗君は相変わらず穏やかに言った。

「しばらく会うのはやめよう。その間に栖川さんと話すから」

「そ、そんな……私は優斗君と別れたくない！」

優斗君は私を落ち着かせようとしているのか、さらに優しい口調になった。

「別れるなんて言ってないよ。ただちゃんと栖川さんにも話して納得してもらおう。緑さんにとってはたったひとりの兄だろう？」

「……でも」

優斗君とやっと付き合えてまだ一度しか会ってない。今日を本当に楽しみにしていて、本当に幸せだったのに。優斗君みたいに、少し会わないでいようなんて考えられない。やっぱり優斗君と私は全然違う。恋人同士になったけど、想いの大きさに差がありすぎていて、いつまでも対等じゃない。いつまでも片想いのようで、悲しくなった。

「……優斗君はそうやってしばらく離れるのは平気なの？」

しばらくしてから、ほんの少しの期待を込めて聞いてみた。平気じゃないって言ってほしくて。

でも優斗君は、考えることもなく「俺は大丈夫だよ」と言った。もうそれ以上、嫌だと縋れなかった。優斗君の意志は固いし、なにより私と会わないことなんて大した問題じゃないと思ってるんだし。

失望しながらマンションに帰った。

ヤケ酒

「ちょっと、飲みすぎじゃないの？」

早々にボトルを空にした私に、鈴香は窘めるように言った。

「いいの。食べてるからそんなに酔わないし……本当は酔いたいんだけどね。酔わないとやってられない！」

私はそう言いながらワインをがぶりと飲み、目の前にあるローストビーフを豪快に口に放りこんだ。

最近のストレスで過食気味だけど、今の私には気にする余裕はない。

「そんなに荒れなくても。別れるって言われたわけじゃないんでしょ？」

「でも別れたも同然でしょ？　もう一週間も音沙汰なしなんだから！」

「まだ一週間でしょ？　それから私に八つ当たりしないでよ」

「……ごめん。でも、あまりに優斗君がドライだからつらくて。ドラマだと邪魔が入ったら逆に盛り上がって、駆け落ちしたりするじゃない？　そんな気配は、微塵もないし。涼しい顔で、しばらく会うのをやめようなんて……あんまりだと思わない？」

一気にそう訴えると、鈴香は顔をひきつらせながら言った。

「普通、駆け落ちはしないと思うけど。でもたしかに二ノ宮優斗は冷めてるよね、『しばらく会うのをやめよう』ってこと以外にはなにか言ってた？」

「別れるつもりはないって」

「迎えにいくからとかは？」

「……まったく。言う気配すらなかった」

どんなに記憶を再生しても、そんな素敵な言葉は一切なかった。

「まあ……悲しい気持ちはわかるよ。ものすごい温度差だもんね、でも一応付き合えたんだし、信じて待ってみれば？」

そりゃあ、もちろん待つけど。

でもこの苦しみをどうやって紛らわせばいいのかわからない。

それに正直、信じきれないところもある。この前は別れないと言ってたけど、兄がゴチャゴチャ言ったら、優斗君も面倒になるかもしれない。

〝やっぱり上手くやっていく自信がないし別れよう。短い間だったけど、ありがとう〟なんて、爽やかに微笑みながら言われてしまうかもしれない。

そんなことになったら立ち直れない！

「優斗君のことになると、うしろ向きになっちゃうの。いつか結婚できてもずっとこうなのかと思うとつらい」

「え、別にうしろ向きじゃないと思うけど。今の状況で結婚とか言える時点で、かなりポジティブだと思うよ」

……それは、なんだかんだ言っても期待を捨てきれない複雑な女心というか。

「まあ、もうちょっと落ち着いて待ってみなよ。もともと恋愛にのめりこまないタイプなのかもしれないし、彼なりにちゃんと考えてるのかもしれないでしょ?」

……そうだといいけど。

でも、優斗君が常に冷静なのは、私をあまり好きじゃないからかな、とも思う。なんだか、溜息しか出てこない。

「それからあまりヤケ食いしないほうがいいよ。彼が迎えにきてくれた時、体重二倍になってたら嫌でしょう?」

そ、それは嫌すぎる。せっかく迎えにきてくれたのに、袋小路さんみたいになってたらシャレにならない。

名残惜《なごり》しい気持ちでいっぱいになりながら、ローストビーフを鈴香に譲った。

それから、できるだけ落ち着きを持って毎日を過ごしていたけれど、優斗君からの連絡はまったくなかった。

私の忍耐もだんだんと限界に近付いてくる。優斗君のことはもちろん大好きだけれど、他にも悲しみと苦しみと……それから悔しさと、自分でも混乱するくらい複雑な気持ちを抱くようになっていた。

優斗君は自分の思いどおりに過ごして、私の存在がなくても問題なくて……比べて私はずっと不安で苦しくて。

こんな日がいつまで続くんだろう。

「だからって毎日飲んでたら、いくら丈夫な緑だって体調崩すよ」

今夜も付き合ってくれた鈴香が、私の激しい飲みっぷりを見て言った。

「わかってるけど……」

でも、寂しい夜をやり過ごすのには、これしか手段がない。

「恋愛は微妙だけど、仕事は絶好調じゃない。今は仕事に生きたら?」

「たしかに仕事は上手くいってるけど……」

最近は依頼が多く入り仕事自体は繁盛している。今は忙しくしてるほうがいいからいいことなんだけど……仕事だけじゃなくて愛にも生きたい。

そんなことを考えながら視線をさ迷わせていると、嫌な光景を目にしてしまった。

「げっ……」

思わず声に出してしまうと、鈴香が怪訝な顔をして私の視線を追う。

「……店変える？」

鈴香も私の視線の先に気付き、一瞬顔を強張らせる。

「もう遅いみたい」

視界の端に龍也が歩み寄ってくる姿が見えて、私は心底ウンザリした。拒絶のオーラをこれでもかってくらい出しているのに、龍也はまったく気にした様子もなく私たちのテーブルのすぐ前に立ち止まる。

「今日はふたりだけなのか？」

ふたりだけってところを、やけに強調してきた。本当に余計なお世話だと思う。

鈴香は作り笑いを浮かべながら言った。

「今日は女同士で飲もうってことで来たから。それより神原さんは戻ったほうがいいんじゃないんですか？」

鈴香の目線の先には龍也が元々いた席があって、そこには数人の男女がテンション高く会話を交わしている。

雰囲気からして合コンだろう。龍也は相変わらず自由に遊んでいるようだった。

私は軽蔑の思いで龍也に目線を送ると、最悪なことに目が合ってしまった。

龍也はそのチャンスを待っていたかのように、話しかけてきた。

「緑、二ノ宮さんはどうしたんだ?」

「……龍也には関係ないでしょ」

今、最も触れられたくない話題だというのに！　龍也のニヤけた顔が、余計に怒りを煽る。

「ケンカでもしたのか?」

ああ、煩わしい。無視をしてワイングラスに手を伸ばすと、龍也の機嫌よさそうな声が聞こえてきた。

「だから、二ノ宮さんはやめろって言っただろ?　こんなふうに女同士で飲んで虚しくないのか?」

……虚しい?

たしかに寂しくて虚しくて、苦しいけど龍也に馬鹿にされる筋合いはない。

「毎日がつまらないだろ？　二ノ宮さんはやめて違う男を探したらどうだ？　よかったら紹介するぞ」

「ちょ、ちょっと神原さん、かなり酔ってるでしょう？」

しつこく絡んで来る龍也に、鈴香が非難するように言った。

それでも龍也は止まることなく、余計なお世話としか思えないことをペラペラ語る。

「最初からあの男は気に入らなかったんだよな。コネで就いたポストなのに、偉そうにして……」

ついには優斗君の悪口まで。

もう、我慢ならない！　なにかがプツリと音を立てたのを感じながら、私はゆっくりと立ち上がった。

「な、なんだ？」

突然声もなく立ち上がった私に龍也は驚いたようだった。鈴香も不安そうに私を見ている。ふたりの視線を感じながら、私は龍也に冷たく言い放った。

「龍也、いい加減その口を閉じてくれない？　さっきからくだらないことペラペラと。耳障りで仕方ないんだけど」

「なっ、なんだと!?」

龍也はカッとしたようで、顔を赤くした。

「ちょっと緑、言いすぎだよ！」

鈴香が慌てた様子で私を窘めてくる。でも、私は止まらなかった。

「ついでにそんな所に突っ立っていられたら邪魔だから！　サッサと自分の席に戻ってよ」

「じゃ、邪魔だと？」

ワナワナとする龍也に、私は即頷いた。

「連れの女性も待ってるみたいよ。さっきからこっちチラチラ見てるし、本当に迷惑だわ！」

キツく睨み付けて言いきった。龍也は完全に怒り、私に憎悪の目を向けてきていたけれど、なぜか突然ニヤリと笑った。

「自分が欲求不満だからって、俺に八つ当たりするのはやめてくれ」

「はぁ⁉」

龍也のあまりにも的外れな言葉に、私は思いきり顔をしかめる。

「自分の恋愛が上手くいってないからイライラしてるんだろ？　そこに俺が楽しそうにしてるのが気に入らないんだろう」

龍也は得意げに言う。

たしかに、優斗君とのことは上手くいってないからストレスは溜まっている。でも龍也の言ってることは、なにひとつ今の私に当てはまらなかった。

「……この際、はっきりさせておくけど、私は龍也と関わりたくないの。だから八つ当たりしたいとすら思わない。それに龍也を楽しそうだとも思わない、むしろ哀れに感じるくらい」

「……哀れだと？　どういう意味だ⁉」

プライドを刺激されたのか、龍也は激しい怒りを見せたけど、私はそれ以上に感情がたかぶっている。

今まで溜めていたものが爆発したように、込み上げるものを止めることができなかった。

「いつも適当な相手と遊びで付き合うことしかできない龍也をかわいそうに思うわ。結局、本当に好きな人と巡り合えてないってことだしね。そんな人を羨ましいなんて思わない。私は会えなくてつらくても、いつも心の中にたったひとりの人がいることのほうがずっと幸せだと思う。そのことに、今この瞬間気付いたわ」

不本意だけれど、また龍也がキッカケで優斗君への想いが深まった。反面教師みたいなもの？

とにかく、私はなかなか会えなくたって、気持ちの温度差が果てしなくあったたって、それでも優斗君が好き！

幸せになりたいと思ったたって、他の人と楽しもうなんて考えられないし、優斗君とじゃなきゃ今の私は絶対にダメだと思う。

ということはこれからも苦しい毎日確定だけど、でも喜びも感じていた。

たったひとりの人をこんなに好きになれてよかった。

つらいこともたくさんあるけど、いつも心に大切な人がいるってことはすごいことで……そんな人と巡り合えた私は幸せだと思う。

私には大好きな人がいて、その相手も少しは私を好きだと言ってくれている。

こんなに素敵なことってない。会えなくたって大丈夫……って言いきることはできないけど、久しぶりに前向きな気持ちになれる。

だんだんと心が軽くなって、力が湧き、私は新しい気持ちでいっぱいになった。

「ずいぶんと好きなこと言ってくれたな」

龍也の負のオーラ満載の、恨めしそうな声が耳に届いた。私を鋭く睨み戦闘態勢に入っているけれど、私はもう戦意喪失だった。言いたいことを言ってスッキリしたし、悟りを開いたような心境の今、龍也と言い争う気はまったく起きない。面倒だしもうどこかに行ってほしい。

内心そう思いながら、龍也が早々に退場してくれそうな言葉を探していると、龍也はついさっきまでとは打って変わった、勢いのない口調で言った。

「……俺は不幸でどうしようもない男だって言いたいのか？」

「いや、そこまではっきりとは言ってないけど……」

なんで急に弱々しくなったのか。不気味に思っていると、龍也はフッと笑う。

「いつの間にか、緑とは考え方に大きな溝ができていたみたいだな」

え……今さらその感想？

唖然としていると、龍也は今度は鈴香に向けて言った。

「鈴香さん、変な言い争いに巻きこんで悪かった」

「え、いえ……」

突然話を振られた鈴香は、引きつった笑顔を浮かべて相槌を打つ。

「緑はずいぶん変わったが、気の強さだけは変わらないな」

言い争いになったのは、龍也のせいだし、気が強くなってしまうのは龍也が馬鹿なことを言ってくるからで……。言いたいことはこれでもかってくらいあるけど、黙っていれば消えてくれそうな雰囲気なのでグッと堪える。

「歓迎されてないようだし、俺も緑には愛想が尽きたから、個人的に会うのはこれで最後にしよう」

……こんなに人をイライラさせる龍也ってある意味すごいと思う。

「じゃあな」

龍也は、キザに笑うとスタスタと元いた席に戻っていった。

龍也が戻ると、連れの女性たちは歓迎の声を上げる。相変わらず外面《そとづら》はいいみたいだけど……こっちはムカついて仕方ない！

それは鈴香も同じようで、眉間にしわを寄せて龍也を見ていた。

「なんか……後味悪いね」

鈴香はハアと溜息をつきながら言った。

「本当。いなくなってくれたのは嬉しいけど」

「あれって多分、緑に言われたことでムキになったのがはずかしくなったんだろうね。余裕のふりして去っていったけど」

「さあ、龍也のことなんてもうどうでもいいわ」

「……出よっか」

私たちは店を出て、夜の街を歩き始めた。

「さっき緑が言ったこと、感心した。そこまで二ノ宮優斗を好きだったのかって……龍也じゃないけど、ちょっと羨ましいかも」

「えっ、そう？」

鈴香がそんなこと言うなんて珍しい。

「緑の立場になりたいとは思わないけど」

……やっぱりね。

「まあ、緑はいつまでも待つ決心がついたみたいだし、龍也に絡まれてよかったといえるかもね」

「龍也がキッカケってのも嫌な感じだけど、優斗君への気持ちは再確認できたと言うか……とにかくスッキリしたわ」

「そんな感じに見える」

「……じゃあ、気分をさらに上げるために飲み直す？」

「うん、そうしよっか」

すっかりいい気分になって、鈴香とふたり遅くまで飲んだ。

連絡

久しぶりに仕事にやる気を出して、終われば鈴香や他の友達と飲み歩いて、忙しく毎日を過ごした。

今ごろ、優斗君はなにをしているんだろう。

兄と話すと言ってたけど、どうなったのか……兄には一度聞いてみたけれど頑固でなにも言わないし。

早く、優斗君に会いたい。会って、離れていた間のことを話したい。

……今日も連絡ないよね？

クライアントとの長い打ち合わせが終わった後、期待せずに着信履歴を確認する。

ここ最近、定番となった行動だ。

履歴を表示させた瞬間、心臓がドキリと跳ねた。

そこには待ちに待っていた、優斗君からの着信履歴が残っていた。

し、信じられない。待ちに待った優斗君からの電話なのに、出られなかったなんて。

仕事中だったとはいえ、私はなんて間が悪いんだろう。

大急ぎで静かな場所を探してかけ直す。緊張しながら数回の呼び出し音を聞いていると、

『はい』

本当に久しぶりの優斗君の声が聞こえてきた。

「ゆ、優斗君……」

あまりの感動に、早々に泣きそうになる。

『緑さん久しぶり。今話せる？』

優斗君は、何事もなかったように、ものすごく自然に話し出した。

あ、相変わらずドライな……。そして相変わらずの温度差。

それでもめげずに明るい声で答えた。

「大丈夫。優斗君本当に久しぶり、元気だった？」

『ああ。仕事は忙しいけどね』

「そう……あの、身体の調子は？」

『普通だよ。それより……急なんだけど、明日会えないか？』

「えっ？　あ、明日……会える……もちろん大丈夫！」

なにがあろうが、断るわけがない。必死になって答える。まさか、こんなにすぐに

会えるとは思わなかった。

もう頭の中は明日の再会のシミュレーションで忙しかった。

『明日、八時にこの前のホテルで』

優斗君は落ち着いた口調で続ける。

え、またあのホテル……？　あそこはいい思い出も悪い思い出もあるから、複雑な気持ちになる。今度はいいことしか起きないといいけれど。

それから優斗君と短い会話を交わして電話を切った。

明日、ついに優斗君と会える。


八時まではあっという間だった。

準備万端で待ち合わせ場所に急ぐ。十分前だからか、優斗君はまだ来ていない。

近くにあった鏡で全身を素早くチェックした。はしゃぎすぎに見えないように選んだ、グレーのワンピース。女らしい淡い色のストール。完璧なメイク。

久しぶりに会うからこそ、少しでも綺麗に見えるようにしたい。ああ……あと少しで優斗君と再会できる。

電話ではクールだった優斗君も、実際会ったら情熱的に、会いたかったとか言ってくれるかもしれない。

……可能性は限りなく低いけど。

でも、なにも言われなくても私からは素直に伝えよう。会いたかったって。これからも一緒にいたいって。

優斗君が兄とどうなったかはわからないけど、結果がどうあれ、私は別れる気はないとはっきり伝えたい。

本当の気持ち

伝えようと思ったけれど……八時を十五分過ぎても優斗君は現れない。この前までは、約束の時間より少し早く来てくれていたのに。

なんだか急に不安になった。優斗君の行動の変化に嫌な予感が湧いてくる。もしかして……今日の再会は前向きな話じゃないのかもしれない。離れている間に、優斗君の気持ちは変わってしまった？

いてもたってもいられない気持ちになる。

どうしよう……別れを告げられたら……それ以前に来てくれなかったら。

どんどん悪いほうに考えが向かって、息苦しさすら感じ始めたその時。

「緑さん！」

優斗君の声が聞こえ、早足で近付いてくる姿が視界に入った。優斗君は清潔感のある紺のスーツ姿だった。

スッキリとしたスタイル。少し色素の薄いサラサラとした髪。優しそうな目。

いつも以上に素敵に見える優斗君に、私の感情は一気に高まった。

「優斗君！」

ゴチャゴチャと考えていた不安を忘れ、駆け寄り抱き付く……はずが、

「緑」

と、ふてぶてしい声で呼びかけられ、私はピタッと足を止めた。この声……兄だ。

「お前、年を考えろ。こんなところで走り回るな」

走り回ってなんていないし、年は余計なお世話だと思う。

それよりも、問題はなんでここに兄が？　優斗君との感動の再会のはずなのに。

まさか、また邪魔しに来たというの？

私は兄をキッと睨み付けて言った。

「今日は、なにしに来たわけ？」

せっかくの再会の日に邪魔をするなら、もう絶対に許せない！　この前、言いそびれた文句を今日こそはっきりと言ってやる！

そう意気込んで兄に突進しようとすると、慌てた様子の優斗君に止められた。

「緑さん、落ち着いて。栖川さんとは一緒に来たんだ」

「えっ、どうして？」

「俺が頼んだんだ。緑と会うなら同席したいと」

「は？　なんで？」

どうしてそんな大迷惑なことを？　少しは空気読んでほしい。私の不満に気付いたのか、兄は気まずそうな顔になりながら言った。

「お前に報告があるからだ。俺の口から言いたかったが、お前は怒り狂って電話は無視するしキツイことばっかり言うから」

……愚痴を言う暇があるなら、さっさと報告とやらをしてほしい。

優斗君の前で余計なこと言わないでほしい。

そんな思いを込めつつジッと見つめていると、兄は私を見下ろして言った。

「緑、二ノ宮さんとの交際を認める」

「……それで？」

冷めた目をしてそう言うと、兄はあからさまにうろたえた。

「そ、それでって、お前嬉しくないのか？　もっと感動したらどうだ？」

「は？　なんで感動？　さんざん邪魔しておいて、今度は久しぶりのデートについてきて邪魔してるくせに！　感動どころか怒りでいっぱいよ！」

「お、お前……今後は二ノ宮さんとずっと付き合っていけるんだぞ？」

……ずっと付き合う？

私は兄から優斗君に視線を移した。優斗君は穏やかな目をして私を見つめている。

胸がドキンと高鳴る。

優斗君とこの先もずっと付き合える……本当に？　本当に信じていいの？

「緑さん、栖川さんと何度か話して許してもらったんだ。これからはずっと一緒にいよう」

「ほ、本当に？」

「ああ、本当だよ」

優斗君は優しく言う。ああ、夢じゃないんだ。ようやく優斗君の側にいることができるんだ。そう思うと涙がこみ上げそうになる。優斗君の胸に縋りついて泣いてしまいたい。

「優斗君……」

そう呼びかけて寄り添おうと一歩踏み出す——。

「よかったな、これで全て上手くいったな。これから三人で食事にでも行くか？　奢ってやるぞ」

空気の読めない兄が、ムードぶち壊しの発言をした。

……どうしてこんなに間が悪いのか。私と優斗君の雰囲気を見て、そっと姿を消す気遣いはないのか。

文句を言おうとすると、それより早く優斗君が言った。

「ありがとうございます。でも今夜は久しぶりに緑さんとふたりで過ごしたいと思っています」

こ、今夜……一緒に過ごす？　優斗君の口から、まさかそんな言葉が出てくるとは。そんな……突然今日だなんて、心の準備が。

心臓がドキドキして、頭はフワフワする。私は夢心地になってしまって、その後の優斗君と兄の会話も、ろくに頭に入ってこなかった。

「緑さん、行こうか」

いつの間にか兄の姿はなく、優斗君が優しく微笑みながら手を引いてくれた。そのままエレベーターに向かって歩く。

もしかしたら、このまま部屋に？　……どうしよう、まるで初めての時のように緊張してしまう。

でも……嫌じゃない。だって、ずっとこうなることを夢見てきた。本当はいつだって望んでいた。

優斗君と抱き合って、一緒に朝を迎えて……そんな幸せな瞬間を。

「優斗君……私、嬉しい」

今、私は世界一の幸せ者だった。優斗君に寄り添いながら、エレベーターに乗りこんだ。


「緑さん、どうかした？」

夜景がよく見える窓際の席で、優斗君は優しく微笑みながら言った。

「あっ、なんでもないの。ただ、綺麗な眺めだなって」

まさか、部屋に行って泊まる気満々だったとは言えない。勘違いしていた自分がはずかしすぎる。

優斗君は疑うことなく頷いた。

「この前は景色を楽しむ余裕はなかったからね」

たしかに……あの時は兄のことで気が気じゃなかったし。ようやくこのロマンチックなレストランを堪能できている。優斗君も今日は前回と違って柔らかな表情で、煌めく夜景を見つめていた。

キャンドルの明かりに照らされた優斗君は、いつもより素敵に見えて、つい見とれていると、私の視線に気付いたのか、優斗君がこちらを向いて言った。

「緑さん、長い間待たせてごめん。付き合った途端に距離を置くのはよくないと思ったけど、どうしても栖川さんと和解したかったんだ」

優斗君の申しわけなさそうな様子に、私は慌てて答えた。

「あっ、いいの！　私は大丈夫だし、こうして今日会えたんだから」

「……本当に？　思ったより栖川さんの説得に時間がかかったから心配だったんだ。でも緑さんはやっぱり強いな、ホッとしたよ」

優斗君は安心したように言い、ワイングラスに手を伸ばす。

その様子を私は少し寂しい気持ちで見つめた。

私は強くなんかない……。本当は寂しくて、毎日つらかった。でもそんなことを言ったら優斗君の負担になるだろうから言い出しづらい。せっかく、和やかな雰囲気なんだし。

過ぎたことを言うより、未来のことを話さなくては。

「……これからは兄のことを気にしなくて済むからよかった。優斗君とずっと一緒にいられるなんて嬉しい」

なるべく明るさを心がけて言ったけれど、優斗君は顔を曇らせた。

「なんだか元気がないね。具合が悪いのか？」

「え？」

私は驚いて優斗君を見つめた。優斗君は心配そうな顔をして続ける。

「いつもより少食だったし、やっぱりどこか悪いんじゃない？」

それは久しぶりの再会で胸がいっぱいだったからだけど……でも、方向違いでも優斗君が私のほんの少しの変化に気付いてくれるなんて。

優斗君はちゃんと私を見ていてくれてるんだと思うと、すごく嬉しい。

「心配してくれてありがとう。でも大丈夫だから」

「……わかった。でもなにかあるなら話してほしい。俺でも少しは役に立てるかもしれないし」

優斗君は優しくそう言った。

私は……感情が込み上げてきて、どうしていいのかわからなくなった。

優斗君にこんなに優しくされて、気にかけてもらえるなんて、幸せを感じすぎて逆に切なくなってしまう。

優斗君に頼って甘えたくなる。

「えっ！　み、緑さん？」

急に泣き出した私に、優斗君は焦ったような声を出す。

いつもなら心配かけないように取り繕うけど……今はできなかった。

「……本当は平気じゃなかった。寂しくて……優斗君に会えなくて、つらくてどうかしそうだったの」

「え……」

優斗君は相当驚いたのか、大きく目を見開いた。なにせ優斗君の中で私のイメージは、〝強い〟とか〝逞しい〟だから、無理はない。

でも止められなかった。

「ずっと優斗君に片想いしていて、やっと想いが通じたと思った途端、会えなくなって……不安で仕方なかった」

優斗君は黙って私の話を聞いている。

「私と優斗君の気持ちに、すごく大きな差があることを実感しては悲しくなった。仕方ないことだけど……とにかく言いたいのは、私は優斗君が思ってるほど強くなくて、優斗君がいないとダメってことなの」

こんな弱音を吐いて、重い女と思われてしまうかもしれない。でも、今は本当の気持ちを伝えたかった。

私が話し終えると、沈黙が訪れた。

優斗君になにか言ってほしかったけど、難しい顔をしてしまって目も合わせてくれない。

……やっぱり言わないほうがよかった？

どうしよう。早くも後悔し始めていると、優斗君はようやく口を開いた。

「緑さんが、そんなふうに思っているとは思いもしなかった」

そんなストレートな感想が返ってくるとは、私のほうこそ思わなかった。

「そ、そう……でも本音だから」

他に言いようがなくてそう言うと、優斗君は頷いた。

「わかってる……だから俺も本音を言うよ」

「えっ⁉」

まさかそんな展開になるなんて。

優斗君の本音……聞きたくて堪らないけど、怖さもある。今日最高の緊張に達した私に、優斗君も緊張した顔をして言った。

「俺は緑さんのことが好きだよ。最初はなんて迷惑で自分勝手な人だろうと思ったけど、緑さんの明るさと逞しさにパワーをもらっているうちに、気付けば好きになっていた」

これは素直に喜んでいいところ？

複雑な想いの私に、優斗君は少し照れたように続けた。

「今日寂しがり屋なところを知って、意外に思ったけど、もっと好きになった」

「え……」

「緑さんが思ってるより、俺は緑さんが好きだよ……会えない間、自分の決めたことなのに後悔する時もあった。俺も寂しかったんだ」

優斗君は優しい目で私を見つめてる。

私はもうその場に倒れてしまうんじゃないかと思うくらい、頭は混乱していて。

最初は信じられなかったけれど、だんだんと喜びが身体中に伝わっていって、涙が止まらなくなった。

「緑さん、好きだよ」

帰り道、優斗君はさりげなく、当たり前のように言った。

背中に優斗君の腕が回ると、見かけからは想像できない強い力で抱き寄せられる。

「……優斗君……」

そのまま唇を塞がれ、長い間翻弄された。
思いがけなく積極的な優斗君の一面に、ますます私は虜になった。

約束

優斗君が本音を語ってくれた日以来、私たちの距離はどんどん縮まり、もうふたりでいるのが自然になって、本当の恋人同士だと自信を持って言えるようになっていた。

平日はお互い仕事をがんばって、週末は一緒に過ごして。

怖いくらい順調に、付き合いは進んでいた。

優斗君のお母さんも、最近は少しだけ明るくなって、私は強引に外に連れ出したりもしている。といっても優斗君の家の庭だけど。綺麗な花壇を作って、賑やかな楽しい庭にしたら、お母さんもそれなりに関心を持ったようだった。

優斗君の話では、私がいない時もひとりで世話をしているらしい。

そう話す優斗君は少し嬉しそうで、それを見て私も幸せな気持ちになった。

晴れ渡る青空の下、坂の上に建つチャペルの屋根が、柔らかな光を反射しているのが見えた。

絶好の挙式日和の今日、私は慌てふためき、息を切らして坂を駆け上がる。

「緑さん、急がないと始まるよ」

隣を走る優斗君が、急かすように言う。

「わかってるけど……でも足が……」

最近やたらと仕事が忙しくて連日深夜まで働いていたうえに、挙式のためのブーケ等の準備で、体力自慢の私もさすがに疲れ果てていた。おかげでこんな大事な日に寝坊するという、ありえないミスをしてしまったし、急な坂道を駆け上がる体力が残っていない。

ああ、つらい。

ヨロヨロとする私に、優斗君が手を差し出してきた。

「掴まって。引っぱるから」

そう言いながら私の手を引き、坂を勢いよく進んでいく。

……なんて頼りになるの。

こんな時なのに、惚れ直してしまう。やっぱり優斗君は素敵。大好き。

うっとりとしながら背中を見つめているうちに、いつの間にか坂を登りきっていた。

白いドレスの美しい花嫁。

茜さんは本当に幸せそうで輝いて見えた。

兄は、いつもの偉そうな態度が嘘のように大人しくて、かなり緊張しているのが見てとれた。

たくさんの人たちの祝福を受け、ふたりは並んで歩き出す。

茜さんが私の作ったブーケを投げ、かわいらしい女の子が嬉しそうに受け取った。

「……いいな、私も欲しかった。なぜか一度も受け取ったことがないの」

羨ましく思いながら言うと、優斗君が苦笑いをしながら言った。

「今回は仕方ないよ。親族なんだし、あのブーケだって緑さんが作ったんだろ？」

「そうだけど……」

でも、受け取った人は次の花嫁になれるって言われているし……やっぱり私だって結婚願望はあるし。

そんなことを思っていると、優斗君は私の心の内を見抜いたみたいにフッと笑って言った。

「ブーケがなくても、緑さんがその気になれば結婚できるよ」

「……え？」

どういう意味？

私は優斗君以外とは結婚する気ないけど。

首をかしげる私に、優斗君は続けて言った。

「俺たちも結婚しよう。緑さんがよかったらだけど」

……えっ？

これって……かなりサラッと言われたけど……。

「まさかプロポーズ⁉」

呆然とする私に、優斗君は笑って言った。

「そのつもりだけど、受けてもらえる？」

……受けてもらえる？って、そんなの決まってる！

「もう婚約破棄しない？」

茜さんに負けないくらいの笑顔になり言うと、優斗君も笑顔で頷いた。

「約束するよ」

「……結婚する！　私には優斗君しかいないもの！」

心からそう言いながら、優斗君に抱き付いた。

優斗君の腕が背中に回るのを感じる。

何度も挫けそうになったけど、優斗君のことを諦めなくてよかった。

だって今こんなに幸せになれた。

「優斗君、大好き」

微笑みながら、優斗君の首に腕を回してキスをした。

END

あとがき

はじめまして、月森さやと申します。

この度は多くの書籍の中から『理想の恋愛関係』をお手に取ってくださり、ありがとうございました。


このお話のヒロインは自立していて、何でも出来る、逞しい女性です。

でも恋愛だけはダメで、二十七歳にして初めての本気の恋をします。

それから持ち前のガッツで突き進んで行くわけですが……書いていてとても楽しかった思い入れのある作品です。

その作品が、恋愛小説大賞で優秀賞を受賞し、書籍化までしていただき、本当に幸せに思っています。

このようなチャンスをいただけたのは、応援してくださった読者様のおかげです。

ありがとうございました。

初めての改稿作業は想像以上に難しいものでしたが、よりタイトにテンポのよい作品になったのではないかと思います。

かわいらしさがアップしたヒロイン緑と、他登場人物との絡みを楽しんでいただけたら嬉しいです。

そして読み終わった後、明るい気持ちになってもらえたら作者として最高です。

最後になりましたが、編集を担当してくださった増子様、不慣れな私に、多大なお力添えをいただき感謝の気持ちでいっぱいです。

出版に関ってくださった皆様、素晴らしいイラストを描いてくださったＫｏｉｓｈｉ Ｍｉｙａ様、そして最後まで読んでくださった読者様。

本当にありがとうございました。

月森さや

月森さや先生への
ファンレターのあて先

〒104-0031
東京都中央区京橋1-3-1
八重洲口大栄ビル7F
スターツ出版株式会社　書籍編集部　気付

月森さや先生

本書へのご意見をお聞かせください

お買い上げいただき、ありがとうございます。
今後の編集の参考にさせていただきますので、
アンケートにお答えいただければ幸いです。

下記URLまたはQRコードから
アンケートページへお入りください。
http://www.berrys-cafe.jp/static/etc/bb

ベリーズ文庫

理想の恋愛関係

2013年11月10日　初版第1刷発行

著　者　月森さや
©Saya Tsukimori 2013

発行人　阿部達彦

デザイン　hive&co.,ltd.

DTP　説話社

校　正　株式会社　文字工房燦光

編　集　増子真理

発行所　スターツ出版株式会社
〒104-0031
東京都中央区京橋1-3-1　八重洲口大栄ビル7階
TEL　販売部　03-6202-0386（ご注文等に関するお問い合わせ）
URL　http://starts-pub.jp/

印刷所　大日本印刷株式会社

Printed in Japan

ISBN 978-4-88381-783-2　C0193

ベリーズ文庫 好評の既刊

『社内恋愛注意報！』 紀本《きもと》明《あきら》・著

入社5年目の真琴は26歳、彼氏ナシ。元カレの主任からしつこく言い寄られてるけど、元サヤなんて断固拒否！　そんな時、偶然、車をぶつけちゃった相手は新任のイケメン課長で…。そこから始まるナイショの恋はハラハラドキドキ。意地悪に迫る課長のせいで、いっつも社内恋愛注意報が発令中！

978-4-88381-773-3／定価662円（税込）

『隣の彼の恋愛事情』 高田《たかだ》ちさき・著

証券会社に勤める紅緒は、隣の席のさえない同僚斗馬にイライラ…。合コン会場の高級レストランで、昼間の姿からは想像できないくらいイケメンの斗馬にばったり。なんと彼は、グループ会社の御曹司だった！　彼の秘密を知った紅緒は、逆におどされ、下僕として使われるようになるが…。

ISBN978-4-88381-772-6／定価662円（税込）

『週末シンデレラ』 春奈真実《はるなまみ》・著

そろそろ彼氏が欲しい…24歳、恋愛未経験OLの詩織は、友達に男性を紹介してもらうことに。いつもよりオシャレしてその場に挑むと、現れたのは苦手な上司の都筑係長!?　堅物で厳しい都筑係長と恋愛なんてありえない！と思ってたのに、なぜか次の週末も会うことになり…。恋愛小説大賞　大賞受賞作！

ISBN978-4-88381-771-9／定価683円（税込）

『美味しい時間』 日向野《ひなたの》ジュン・著

24歳の天然ＯＬ・百花は、料理を作ることも食べることも大好き。ある日、イケメン上司の東堂課長に「明日から俺のお弁当も作ってきて」と命令され、なぜか毎日一緒にお弁当を食べることになってしまう。仕事に厳しい課長が苦手な百花だったけれど、強引だけど優しい大人な一面を知って…？

ISBN978-4-88381-764-1／定価672円（税込）

書店店頭にご希望の本がない場合は、書店にてご注文いただけます。

ベリーズ文庫 2013年11月発売

『運命のヒト』 十和《とわ》・著

派遣OLの美園はいつも恋愛が長続きしない。ある日、別れ話でモメている美園の前に謎のイケメンが現れ、初対面なのに美園の名を呼び、抱きしめてくる。翌日、再び彼に遭遇し窮地を救われた美園は、行き場がないと言う彼を泊めることに。シロと名乗る彼が美園の過去を言い当てるのを不思議に思うが…。

ISBN978-4-88381-780-1／定価651円（税込）

『その恋、取扱い注意！』 若菜《わかな》モモ・著

旅行会社に勤める美海は恋愛経験が浅く、幼なじみでイケメン外資系トレーダーの湊にからかわれている。美海にとって湊はただの幼なじみだったのに、突然デートに誘ってきたりとその変化に困惑。そんな時、美海がストーカー被害に。最大のピンチで湊に助けられ、彼の存在の大きさを認識し…!?

ISBN978-4-88381-781-8／定価693円（税込）

『シークレット　ハニー』 pinori《ピノリ》・著

24歳の葉月は、勤務先で元カレと再会してしまう。復縁しようとしつこく迫るその男から助けてくれたのは、葉月のマンションの管理人・五十嵐だった。普段は帽子を深くかぶっていた彼の素顔は、超美形！　甘い言葉に誘われて、その日のうちに関係を持ってしまうけれど…。謎だらけの管理人の正体は？

ISBN978-4-88381-782-5／定価651円（税込）

『理想の恋愛関係』 月森《つきもり》さや・著

27歳の緑は、お見合いで出会った相手に恋をするものの、婚約直前に「好きな女性がいる」と告げられ振られてしまう。どうしても忘れられない緑は意を決し、あの手この手で彼を追うのだけれど…!?　向こう見ずなひたむきさが、いじらしくってかわいらしい。思わず笑みがこぼれる純愛ラブコメディ。

ISBN978-4-88381-783-2／定価672円（税込）

書店店頭にご希望の本がない場合は、書店にてご注文いただけます。

ベリーズ文庫 2013年12月発売予定

『ヴァルキュリア　イン　キッチン』 夢《ゆめ》野《の》美《み》紗《さ》・著

Now Printing

憧れのフレンチレストランに転職したシェフの奈央は28歳。そこで上司となったのは、キザで俺様な一条という男だった。しかし、仕事には誰よりも厳しい彼は、実は若きフレンチの巨匠と呼ばれるカリスマシェフ！　厨房という名の戦場でしごかれつつも、いつしか奈央は一条に惹かれていくが…。

ISBN978-4-88381-791-7／予価630円（税込）

『高野先生の恋人』 玉《たま》木《き》ちさと・著

Now Printing

母校の准教授"高野先生"とつき合うことになった大学院生の詩織。友人が結婚・出産を決意する中、彼との結婚を意識するようになる。そんな時、留学から戻ってきた桜庭さんが現れ、なぜか詩織を気に入って…。あせった高野先生がとった行動とは？　『准教授 高野先生のこと』第二弾！

ISBN0978-4-88381-792-4／予価630円（税込）

『華麗なる偽装結婚』 鳴《なる》瀬《せ》菜《な》々《な》子《こ》・著

Now Printing

社長秘書の阿美子は、分厚い眼鏡とカッチリした髪型の地味女スタイルを貫いている。それは遊び人の若社長・怜と一線を引くためだけど、その姿勢とは裏腹に、彼に惹かれていってしまう。ある日、自分にはまったく興味がないと思っていた怜から、会社を守るために結婚してほしいと頼まれて…？

ISBN978-4-88381-793-1／予価630円（税込）

『恋愛の条件』 七《なな》月《つき》夏《なつ》葵《き》・著

Now Printing

3年前の失恋が原因で、誰と付き合っても振られてしまう奈央。仕事に熱中し、憧れの部署に異動したけど、そこに待ち受けていたのは3年前の失恋相手、修一で…!?　強引に言い寄っては思わせぶりな態度をとるチーフの修一に、奈央は翻弄されっぱなし。あんな振り方をしておいて一体どういうつもり…？

978-4-88381-794-8／予価630円（税込）

タイトル、価格等は変更になることがございますのでご了承ください。